ULTRAMAN SUIT
ANOTHER UNIVERSE
Episode: TIGA
ストーリー 長谷川圭一
設定協力 谷崎あきら
原作 『ULTRAMAN』
清水栄一×下口智裕
／円谷プロ

北斗星司
ACE SUIT

進次郎が通う高校の後輩であり、ACE SUITを装着する少年。過去の事件により身体の大部分を損傷し、異星人「ヤプール」により手術を施された改造人間。科特隊に協力する。

諸星弾
ULTRAMAN SUIT Ver.7

科特隊に所属する青年。SEVEN SUITを装着し、冷徹に任務をこなす仕事人。科特隊においては進次郎の先輩にあたり、進次郎に戦いの厳しさを叩き込んだ。

早田進次郎
ULTRAMAN SUIT

かつてウルトラマンと同化したハヤタ・シン(早田進)の息子であり、「ウルトラマンの因子」を受け継ぐ少年。ベムラーの襲来を受けてULTRAMAN SUITを装着し、その後科特隊に入隊する。

エド

ゼットン星人の末裔。指揮官 兼 星団評議会の連絡役として、井手とともに科特隊の指揮を執り、進次郎たちをサポートする。

井手光弘

早田とは旧知の仲の科特隊隊員。表向きは「光の巨人記念館」局長を務めつつ、裏では科学技術研究所の所長として活動。ULTRAMAN SUITの開発を主導した天才エンジニア。

早田進

進次郎の父で、かつてウルトラマンと同化していた男。長い間その記憶を失っていたが、ベムラーの映像を見て自分がウルトラマンだったことを思い出し、再び科特隊の協力者となる。

ダイゴ *TIGA SUIT*

3色の装甲「TIGA SUIT」を纏う謎の青年。現代人離れした風貌をしており、ユザレと行動をともにする。

カミーラ

心に闇を抱える人間に近づく謎の女。ダーラム、ヒュドラと呼ばれる2人の男を引き連れて行動する。

ユザレ

ダイゴとともに行動する少女。見た目は7～8歳ほどだが、神秘的な雰囲気を纏い、その言動は妙に大人びている。

遠藤 庸介

警視庁の刑事。正義感が強く、後輩の倉田とともに異星人絡みの連続殺人事件を独自に追ったこともある。

EVIL TIGA SUIT

TIGA SUITと酷似した黒銀の装甲。

ULTRAMAN SUIT ANOTHER UNIVERSE
Episode:TIGA

CHARACTERS
〔登場人物紹介〕

ULTRAMAN

ウルトラマン

ULTRAMANとは?

光の巨人、ウルトラマンが地球を去ってから時が経った世界。異星人の侵略や怪獣災害はもはや過去の出来事となり、地球では平穏な日々が続いていた。

ウルトラマンと同化した過去を持つ早田進の息子、進次郎には生まれつき超人的な力があった。それは進次郎がウルトラマンの因子を受け継いだ証。「始まりの敵」ベムラーの襲撃を受け、今までの平和がまやかしだったと知った進次郎は、運命に誘われるようにULTRAMANとしての戦いに身を投じる。

これは、新時代のウルトラマンの物語。

Keyword 01 科学特捜隊

かつて怪獣や異星人の攻撃から地球を守っていた組織。通称科特隊。ウルトラマンが地球を去った後、基地はウルトラマンや科特隊の功績をたたえる「光の巨人記念館」となり、世間的には解体されたことになっていた。しかしその実、未だ尽きぬ異星人の脅威に秘密裏に対処しながらも活動を続けていたことが明かされる。

Keyword 02 ULTRAMAN SUIT

進次郎らが装着するパワードスーツの総称。科学特捜隊が開発したULTRAMAN SUIT[A-TYPE]やVer.7、ヤプールが開発したACE SUITなど、さまざまな出自のものが存在する。特に科特隊のSUITは実戦を経て幾度か改良が加えられており、ULTRAMAN[B-TYPE]やVer.7.3などに都度アップデートされている。

Keyword 03 異星人

この地球上には人知れず異星人が存在する。地下空間に広がる「街」で生活する者、外界で人間に擬態する者、人間を襲う者など、その生態は多種多様。異星人の存在は科特隊により長らく隠蔽されていたが、進次郎とエイダシク星人の交戦中、エドの計らいにより世間に知られることとなった。

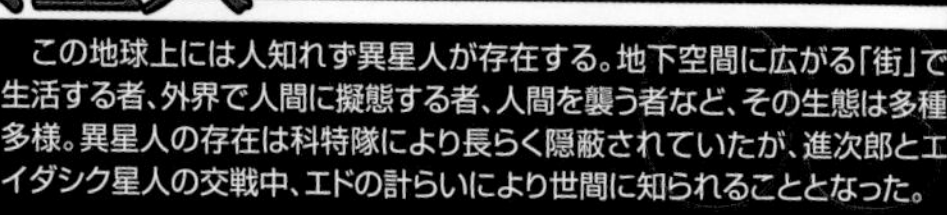

Keyword 04 ULTRAMAN SUIT ANOTHER UNIVERSE

ULTRAMAN SUIT ANOTHER UNIVERSE

『ULTRAMAN』世界のもうひとつの宇宙-アナザーユニバース。原作には登場しないULTRAMANが活躍する、あり得たかもしれない物語だ。

PHOTO GALLERY

〔フォトギャラリー〕 月刊ホビージャパンでの連載で掲載したカットを一部掲載します。

プロローグ 闇の蠢動 より　（月刊ホビージャパン2019年12月号掲載）

第一話 深淵の儀式 より　（月刊ホビージャパン2020年1月号掲載）

使用キット：Figure-rise Standardシリーズ　作例製作：只野☆慶

第二話 異界のモノたち より （月刊ホビージャパン2020年2月号掲載）

第三話 生贄の条件 より （月刊ホビージャパン2020年3月号掲載）

第三話 生贄の条件 より | (月刊ホビージャパン2020年3月号掲載)

第四話 暗黒の五芒星 より | (月刊ホビージャパン2020年4月号掲載)

第五話 光と闇の相剋 より　(月刊ホビージャパン2020年5月号掲載)

第六話 邪神の復活 より　(月刊ホビージャパン2020年6月号掲載)

第七話 終焉の対決 より　（月刊ホビージャパン2020年7月号掲載）

第七話 終焉の対決 より　（月刊ホビージャパン2020年7月号掲載）

ULTRAMAN SUIT ANOTHER UNIVERSE Episode:TIGA

CONTENTS

第零話　滅亡の鏑矢

かつてこの星に突如、巨大で恐ろしい怪獣たちが現れ、人々を恐怖のドン底に叩き落した。いかなる兵器も怪獣には通用せず、誰もが絶望という言葉を思い浮かべた時、彼方の星から光の巨人が飛来し、怪獣たちと戦い、人類のピンチを救ってくれた。人々はその巨人をウルトラマンと呼んだ。激戦の末、全ての怪獣が倒れると、ウルトラマンはこの星を去っていった。

もし再びこの星に恐るべき脅威が訪れた時、我々人類は自分自身の力で平和を守らなければならない。今はもうウルトラマンはいないのだから。

ある世界が滅亡しようとしていた。

燃え盛る炎。焼けこげる空。

響く恐怖と絶望の悲鳴。いや、もはやそれらも聞こえてはこない。

つい数日前までは幸せな笑顔と歌声に溢れていた世界に今聞こえるのは、荒ぶる獣のごとき叫び。それを聞いた者は発狂し、次々に絶命する。

その叫び声の主たちが赤黒い炎と漆黒の闇が交わる地獄絵図の中を跋扈する。

巨大で凶暴な闇の眷属たち。わずかに生き残った人々を踏み潰し、捕え、喰らう。

悪魔の如くおぞましき怪物たちの数は優に数百を超える。

だがそれらを遥かに凌駕する存在がいた。全ての怪物の頂点に君臨する絶対的な闇の支配者――ガタノゾーアだ。

その巨大さは桁外れであり、その異形さは名状しがたく、その叫び声は大地を揺るがした。そしてガタノゾーアの巻貝を思わせる巨大な外骨格に連なる無数の穴からは絶えず大量の闇が分泌され、世界をその漆黒に覆い尽くしていくのだ。

「急げ！　闇がそこまで迫っているぞ！」

巨大な邪神ガタノゾーアとその眷属が蹂躙する悪夢のような世界を、三人の青年と一人の美しき女性が走っていた。

最後まで人々を守り戦ってきた三人の戦士、ダイゴ、ソルカ、ダヤ。

そして光の巫女、ユザレだ。

彼ら三人はもはや満身創痍。本来、走る力すら残されていなかった。でも今は走るしかない。なんとしてでも辿り着くのだ。

それが最後に残された、たった一つの希望なのだから。

「よし！　見えてきたぞ！」

「あと、もう少しだ！」

彼らが目指す先に屹立する巨大な黒いピラミッド。

始めに、この世界に強大な闇の力をもたらした根源——異界の門だ。

——あの門が開くのを防いでいれば、こんな事には……

ダイゴは思い返す。つい数週間前に始まった異変の始まりを。


「人が食い殺された？」

地球星警備団・調査警備隊員のダイゴは不可解な事件の報告を受けた。

「野獣か何かに？」

「いや……」

同じ警備隊の同僚であり親友のソルカが言葉を濁す。

「確かに獣には違いないが、今まで見たこともない奴だ」

「見たこともないって？　新種か？」

警備隊員詰所の一角で光結晶を磨いていたダヤが聞き返す。彼もまたダイゴの親友だ。

「一番しっくりくる表現は、化け物、かな」

ソルカの言葉に一瞬、沈黙が流れ、そしてダイゴとダヤの笑い声が響く。

「化け物って、お前！」

「わかった。俺たちをからかったのか！」

「その手には乗らないぞ。で、今日は何の日だっけ？」

「違う！　本当なんだって！　ちゃんと聞けよ！」

必死に訴えるソルカを見て更にダイゴとダヤが笑い転げると、

「やけに楽しそうね」

やはり警備隊員の美しい女性が現れる。

「やあ、カミーラ。ソルカの奴が俺たちを担ごうとしてさ」

「担ぐ？」

「だって、化け物が人を食い殺したっていうんだぜ」

「おい！　ふざけてる場合じゃないんだ！」

真顔でソルカが会話を遮る。

「頸を食いちぎられて殺されたのは光翼船合同泊地の先任操搬技師、殺したのはその相棒の次席操搬技師だ」

「……ちょっと待て。さっきは獣に食い殺されたって」

ようやくソルカが本気だと感じ、ダイゴが聞き返した。

「そうだ、獣だ。でも元は人間だった」

「どういう意味だ?」

ダヤも思わず身を乗り出す。

「わからない。ただ俺が受けた報せでは、駆けつけた泊地警備隊がその獣を殺処分したら、人間の姿になったって話だ」

「つまり……人間が、怪物になって仲間を食い殺した。そういう事か?」

ダイゴが確認すると、

「そうだ」

短くソルカが答える。にわかには信じられないが自分の目で確かめるしかない。

ダイゴはソルカ、ダヤ、カミーラと共に問題の泊地へと向かった。


「これは……」

合同泊地を所管する警備隊の広間に、泊地の要所に配置される光記憶鏡面が集められていた。鏡面には周囲の光景が時間軸に沿って積層状に記憶されている。適切な波長の光波を当てることで、任意の時間帯の光景を空中に投影することが可能だ。ダイゴたちは鏡面に記憶された惨劇の一部始終を確認した。そこには確かに化け物としか形容のしようがない醜悪な獣が、操搬技師に襲い掛かり、食い殺す様子が映っていた。

更に数刻後には骸を喰い尽くし徘徊する化け物に泊地警備隊が殺到。彼らの身に着ける光結晶から放たれた光矢が獣の胸郭を貫通する。直後、化け物は人間の姿となり絶命した。

「これって一体……どういうことだ……?」

今見た悪夢のごとき現実が受け入れられずダヤが呟く。

「とにかく、調査が必要だ」

ダイゴの言葉に一同は頷き、早速行動を開始した。

翌日。調査警備隊の詰所に集まったダイゴたち。更に同僚のヒュドラとダーラムも調査チームに加わっていた。

「見つけたぞ!」

ダヤが戻り、やや興奮気味に手に入れた情報を報告する。

「化け物になった操搬技師は凶行の直前、近くの倉楼である男と接触していた」

「ある男？」

「鏡面の記憶から素性を割り出せた」

ダヤは手甲――現代でいうパームカフに似た装具に嵌まる光結晶を掲げ、空中に倉楼内の光景と、一人の男のプロフィールを映す。

「男の名はダガン。隠秘学者だ」

「隠秘学？　何だそれ？」

「随分とまた怪しげだな」

ダーラムとヒュドラの言葉にダヤが頷き、

「まさしく怪しさの塊みたいな男だ。所領の資産で魔道書を収集し、異世界と繋がる扉とやらを熱心に研究してたらしい」

「完全にいかれてるな」

ソルカが吐き捨てると、

「そう？　少し素敵じゃない。異世界の扉」

目を輝かせてカミーラが微笑む。

「カミーラ。君は時々、そうやって悪趣味なものに興味を持つよな」

ダイゴが眉をひそめると、

「悪趣味？　私が興味あるのは神秘とロマン。わかってないのね」

「おい、ダイゴ。恋人をすねさせちゃまずいだろ」

すかさずダヤが冷やかし場の空気が和む。

「よし。話を戻そう。どれだけ非常識であろうと、これは俺たち調査警備隊の役目だ」

ダイゴが真剣な面持ちで仲間たちを見回す。

「このダガンという男を見つけて、何が起こったのかを確かめよう」


それから数日間、ダイゴたちは必死にダガンの足取りを追った。

すると更に信じがたい、ダガンが没頭する完全に狂気じみた研究の全貌が明らかになった。ダガンは生涯をかけて収集した魔道書の記述から、本気でこの世界と別世界をつなごうとしていた。それには特殊な儀式が必要であり、それを実行するための綿密な準備をダガンは何年にも渡って進めてきた。

最初はダイゴも妄想の類と考えた。現実に異世界の扉などあるはずがないと。

だが惨劇は再び起こった。

またも人間が異形の怪物と化して、同じ仕事場の人間を喰い殺したのだ。

そして数日後には三つ目の変事。

しかも二つの事例は遥か遠い異国で発生した。ダイゴたちの調査範囲を遥かに超えて、ダガンの狂気の儀式は実行され続けている。

罪を背負いし異界の獣。五人の血のいけにえ。五芒星。

ダガンの書き残した、儀式のキイワード。しかしそれが正確に何を意味するのかダイゴたちには未だ掴めずにいた。

「ひとつ分かったことがある」

カミーラが新たな情報を報告する。

「怪物になった人間たちは全員、過去に人を殺している」

「人を殺して……」

ダイゴがはっと息を飲む。

「罪を背負いし……異界の獣」

どうやら怪物化した人間は無作為にではなく、理由があって選ばれたらしい。

そして五人の血の生贄。

現在で事例は三つ。あと二つ、同じような惨事が起きるはずだ。そして凶行を止めなければ、儀式は完成する。その結果……。

ダガンの研究記録には異界の扉が開いた時、大いなる邪神が現れ、世界を闇に染め、滅亡させると記されていた。私は美しい滅亡が見たい、と。

――ありえない！　理性はそう否定する。だが実際にダガンは人間を怪物化させているのだ。これ以上の惨禍は絶対阻止しなければ。

だが凶行の範囲はあまりに広い。次に地上のどの国のどの町で儀式が行われるのか手掛かりは皆無だ。

八方ふさがりの中、ダイゴたちにある人物から連絡が入る。今回の事件について協力できるはずだという内容だった。

「誰なんだ？　俺たちに協力を申し入れてきたのは？」

ダイゴの問いにカミーラが答える。

「地球星警備団、団長。ユザレよ」

「はじめまして」

ユザレは純白の壁で囲まれた空間でダイゴたちと対面した。

「あなたが……ユザレ」

　思わずダイゴが聞き返したのも無理は無い。彼らの前にいるのは、まだ二〇歳そこそこにしか見えない美しい女性だったからだ。

　ダイゴたちが地球星警備団の隊員になってから五年だ。警備団の頂点に立つユザレという名は知ってはいたが、それがどのような人物なのか全く知らずにいた。何故ならユザレがいかなる行事においても人前に姿を現すことはなく、年齢も、性別すらも完全に伏せられていた。いわばトップシークレットだ。

　故にダイゴの想像では、ユザレは年老いてもなお眼光鋭い超然とした男のイメージだった。まさか、こんなにも可憐な女性だったとは……。

「イメージと違ったようですね。がっかりさせてしまいましたか。ダイゴ隊員」

　ユザレが柔らかく微笑みかける。

「……す、すいません」

　珍しくダイゴは動揺する。まるで心の中を読まれたような気がしたからだ。

「では早速ですが、次の儀式が行われる場所を皆さんに伝えます」

「……え？」

　思わず一同が絶句する。

「どうやって？　そう思うのは当然です。でも信じてください。私にはダガンという男が次に狙う人間が誰なのか、視えるのです」

「視える？　それって、つまり……」

「そう。未来予知です」

思わず一同がざわつく。

「予知能力……？」

「そんな、まさか」

勘の鋭い人間というのはいるものだ。一瞬先の危険を察知し回避する。相手の心理・行動を読んで機先を制する。そんな能力に秀でた者を集め、鍛錬によって研ぎ澄まし高め合ってきた勇者たちの集団が、ダイゴたちの属する地球星警備団という組織であるとさえいえる。だが居ながらにしていつどこで何が起こるかを知る、未来予知となると話が別だ。次元が違いすぎて、訓練でどうにかなるレベルとは思えない。

その疑念の声が止むのをゆっくり待ち、またユザレが口を開く。

「皆さんが私の言葉を受け入れがたいのは仕方ありません。ですが残された時間は多くは無いのです。私たち地球星警備団は、世界の滅亡を止めなければなりません」

その言葉に一同に緊張感が走る。いくら相手が若い女性で、予知能力があるなど言ったとしても、紛れもなくユザレは地球星警備団のトップなのだ。

「わかりました。教えてください。次に、どこで誰が狙われるのか」

ダイゴの言葉にユザレは頷き、未来予知の答を伝えた。

「くそ！　もう少しのところで！」

ユザレの未来予知は的中し、ダイゴたちによって第四の惨劇は防がれた。

生贄に選ばれた殺人者の男がダガンの飲ませた赤黒い結晶体によって怪物化させられる直前、ダイゴ、ソルカ、ダヤ、カミーラ、ヒュドラ、ダーラムの六人が儀式の舞台に踏み込み、ダガンを追いつめた。しかし、もう少しで確保できるというまさにその寸前、惜しくもダガンを取り逃がしてしまったのだ。

「また振り出しか……」

その後もダイゴたちとダガンの追跡劇は続いた。

ユザレの未来予知を受けて、ダイゴたちは選ばれた生贄を次々と保護し、ダガンの計画を阻止した。そして七回目の事件を阻止した時、ついにダガンを完全に追いつめた。

「観念しろ。お前の狂った儀式はもう終わりだ」

だが、

「儀式は終わりはしない。五芒星は必ず完成し、闇の扉が開く」

ダガンは不敵な笑顔を浮かべると、自ら結晶体を飲み、怪物化した。

ダイゴたちが一斉に手甲を掲げる。地球星警備団の選ばれた戦士にのみ与えられる光結晶の嵌まった手甲を。結晶から溢れた光が全身を包み、銀の甲冑と化してダイゴたちを鎧う。自らの生命の光を力に変えて戦う姿だ。この姿を取らねばならないほど、怪物化したダガンの巨躯は硬く、爪は鋭く、性質は凶猛だった。だがいかなる魔人・怪物であろうと、光をまとった六人もの戦士を相手にできるものではない。

ズドドドドン！　ダイゴたちの手先から光の槍が、刃が、鞭が放たれ巨獣を射抜く。醜悪な怪物はその場に倒れ、そしてダガンの姿に戻って息絶えた。

「ダイゴ……見ろよ、この顔」

ソルカがダガンを指さす。その死に顔は満足げな笑みを浮かべていた。

「……」

その笑顔を見つめるダイゴの胸にふと嫌な予感が走る。儀式は終わりはしない。ダガンの最期の言葉が脳裏に蘇る。いや、そんなはずはない。もう終わったのだ。

「ご苦労様でした」

事件終息の報告にダイゴがユザレの元を訪れる。

「これで世界の破滅は回避されました」

優しく微笑むユザレを見つめ、ダイゴが言う。

「本当に、そうでしょうか?」

「……え?」

「俺にはまだ、事件が終わった気がしないのです」

「あなたも未来を予知する力があるのですか? 私より強い力が」

「いや、そういうわけじゃ……予感というか、何と言うか……」

またも動揺するダイゴに、

「冗談ですよ」

悪戯っぽく微笑むユザレ。ダイゴはほっと胸を撫でおろす。

「よかった。本気で怒らせたのかなって心配しました」

「でも……確かに、まだ全て終わっていないのかもしれません」

「……え？」

「未来に、前とは違う黒い影が見えます」

「違う、影？」

「まだはっきりとはしません。ですが……」

「わかりました。何か視えたら教えてください。すぐに駆け付けます」

「ありがとう。ダイゴ」

微笑むユザレ。ダイゴも笑顔を返す。

それを物陰から憎悪で見つめる者がいた。カミーラだ。


「急げ！　闇はもうすぐそこまで迫っているぞ！」

滅亡に向かう世界の中、ダイゴたちが走る。

「あっ」

ユザレが地面に倒れた。

「大丈夫ですか、ユザレ！」

ダイゴが戻り、ユザレを抱え起こす。

「ごめんなさい。大丈夫です」

「俺の手を離さないでください」

「はい」

ユザレはダイゴの差し出す手をしっかり掴み、また走り出す。

滅亡を止めるには黒いピラミッドの中に開かれた異界の門を、ユザレの力で封印するしかない。これが最後の望みだ。

「待ちなさい。ダイゴ」

不意にダイゴたちの行く手に三つの黒い影が立ちふさがる。

カミーラ、ヒュドラ、ダーラムだ。

一様に光の鎧を――否、どす黒い憎悪に染まった闇の鎧をまとっている。

「往生際が悪い。一緒に世界の滅亡を見届けるのよ」

「カミーラ。何故、裏切った⁉」

「裏切ったのはダイゴ、あなたの方よ！　そんな女のために！」

ユザレが未来に視た別の黒い影。それはカミーラのことだった。

ダガンの死後、カミーラはヒュドラ、ダーラムと共にその遺志を引き継ぎ、二人の血の生贄を捧げ、闇の儀式を行い、五芒星を完成させた。

その結果、地球星警備団本部のすぐ近くに巨大な黒いピラミッドが出現し、異界の門は開いてしまった。大量の悪しき漆黒の闇があふれ出し、たちまち世界を塗りこめた。更に門からは異形の怪物が現れ、ダイゴたち警備隊との激烈な戦いが繰り広げられた。

だが闇の眷属たちの力はすさまじく警備隊員は次々に倒れ、数えきれない人たちが無残にも命を落とした。

それでもダイゴたちは必死に応戦した。この世界を守るために。だが異界の門から怪物たちを支配する邪神ガタノゾーアが現れ、勝敗は一気に決した。

圧倒的な邪神の力によって警備隊はダイゴ、ソルカ、ダヤの三人だけを残し全滅。

それでもダイゴは希望を捨てず、戦火の中からユザレを救出すると、親友二人と共に最後の戦いに打って出たのだ。


「愛していたのに。死ね！」

カミーラは光の鞭でユザレを襲う。それをダイゴが身を呈し、庇う。

「俺は……最後まで……光でありたい」

そうだ。カミーラたち三人は事件に深く関わる内に、ダガンの闇に知らず知らず惹かれていたのだ。人知を超越した、その悪魔的な力に。

そしてユザレへの歪んだ嫉妬が引き金となり――闇へと堕ちた。

「死ね死ね死ね死ね死ね死ね死ね死ね死ね死ね死ね死ね！」

憎悪に狂った攻撃がダイゴとユザレを襲う。

「うあああああああ！」

光の鞭の直撃を受けたのはソルカだった。身を呈してダイゴたちを庇ったのだ。

「邪魔をするな！」

再び振り下ろされる鞭。今度はダヤがその体で受ける。

「ここは俺たちが！　早く行け、ダイゴ！」

「ユザレの力が最後の希望だ‼」

ソルカとダヤは最後の力を振り絞り、カミーラたち三人に立ち向かう。

二人はダイゴにとって掛け替えのない親友だ。

ソルカは警備隊で一番の身体能力の持ち主だ。格闘時には驚異的な跳躍力と俊敏で素早い動きで相手を制圧する。

ダヤは警備隊一番のパワーファイターだ。隊員十人掛かりでも止めることが出来ないほどの怪力は大木すら素手で倒すという噂さえ流れた。

だが今の二人は既に複数の深手を負い、いつもの力の半分も引き出せていない。ここに至るまでの戦いで光の鎧もとうに維持限界を超えており、ダイゴも含めて文字通りの徒手空拳だった。

「ソルカ……ダヤ……」

「行けえええええええええ！」

「行け、ダイゴおおおおお！」

胸が張り裂ける思いでダイゴは頷き、ユザレの手を引き、走った。

友たちと、もう会うことはないだろう。

でも今は前に進むしかなかった。それしか。

「うおおおおおおおおお！」

体の奥底から湧き上がる叫びをあげ、ダイゴはユザレと黒いピラミッドへと走る。

走る、走る。走る。そして、ついに――。

「これが……異界の門」

黒いピラミッドの中へ侵入したダイゴは、目の前のおぞましい光景に慄然となる。

中央には祭壇があった。一見、石のように見えるが、素材は骨だとわかる。人骨だ。大量の人間の骨によって祭壇は築き上げられていた。

更に醜悪なのは祭壇に捧げられた巨大な目玉。

恐らく大型の怪物の目をえぐり取ったのであろう。ダイゴたちを睨みつける目からは赤黒い闇の波動が立ち上り、そこに巨大な異界の門は開いていた。

門の中からは今も絶え間なく闇があふれ出している。それが邪神とその眷属たちのエネルギー源なのかもしれない。

「私が、門を閉じます。ダイゴは外へ」

決意のまなざしのユザレを見つめ、ダイゴは感じ取る。

「ユザレ。あなたは死ぬつもりなんですね」

「だとしたら、どうだと言うんです？」

「それは……」

あなたには死んでほしくない。その言葉は辛うじて飲み込んだ。

「ありがとう。ダイゴ」

ユザレが微笑む。また心を読まれてしまったようだ。

「でも……俺は出ていきません。ここで最後まで見守らせて下さい」

「……わかりました」

そう言うと、ユザレは異界の門に向かい両手を大きく広げ、静かに目を瞑る。

やがてユザレの体が金色に発光しはじめる。

彼女が体に宿す膨大な生命の光を全て、闇にぶつけようとしているのだ。

成功してくれ。

祈るようにダイゴが心の中で呟いた、その時だった。

「行かせはしない！　その女は私が殺す！」

猛然とカミーラが迫る。その手には鞭ではなく剣が握られていた。

「そうはさせるか！」

全力でカミーラの攻撃を食い止めるダイゴ。剣がわき腹を貫通する。

「うがっ！」

ダイゴはそのままカミーラを食い止め、叫ぶ。

「ユザレえええええええええ！」

その叫びに応えるかのようにユザレの体がひと際強く輝き、一条の眩い光が上空の異界の門に向かい、立ち上った！

ゴオオオオオオオオオオンン。

衝撃音と共に光と闇が飛び散る。そして――、

世界を蹂躙する怪物たちが次々に闇と共に消えていく。

成功だ。

最後の希望。ユザレの力が異界の門を封印したのだ。

「おのれえええええええええ！！」

カミーラたち三人も闇の力を封じられ、みるみるその体が石化していく。

「必ず……お前たちを……」

最後まで憎悪を燃やし、カミーラは石像となった。

そして巨大なる邪神、ガタノゾーアも闇に包まれると、おぞましい断末魔をあげながら消滅した。

世界に静寂が戻る。

生き残ったのは、ダイゴただ一人だった。

「結局……何も救えなかった……」

膝をつき、拳で何度も大地を殴りつけるダイゴ。

「そんなこと、ない」

ふと誰かの手がダイゴの背中に触れる。

「……君は……」

振り向くと、銀髪の幼い少女がちょこんと立っていた。

「……ユザレ……なのか?」

少女が身にまとう白いフード付きの外套はまさしくユザレと同じものだった。

生命の光を大量に消費した影響が、こんな形で肉体に現れたのか。

「この世界は救えなかった。でも……まだやるべきことがあります」

「まだ、やるべきこと……」

小さく頷き、少女となったユザレが言う。

「今ははっきりとは視えません。でも、その時は訪れます」

ユザレはダイゴの手をそっと握り、廃墟と化した世界を見つめる。

「いつか、必ず」

時は流れ――。

その男には、奇妙に人を惹きつける天賦の才能があった。その表情、視線の動き、しゃべり方、間の取り方は、聞く者を上機嫌にさせ、彼を援助したいと、いや援助しなければ損だと思い込ませる魔力が備わっているかのようだった。そしてその才能は、ある特定の社会で愚にもつかないパワーゲームに明け暮れる大物たちに対して遺憾なく発揮され、男は途方もない額の、足のつかない金をせしめることに成功した。

その資金と人脈を縦横に駆使し、男はあるものを収集した。

魔道書。

『死霊秘法』『無名祭祀書』『セラエノ断章』『エイボンの書』『ナコト写本』……。それら実在すら疑わしい奇書、怪書、稀覯本の数々を、世界中の大学や図書館、博物館、宗教施設、そして他の収集家やオカルティストが秘蔵する鍵のかかった地下書庫の奥底から、訳書や写しはもちろん、風化しかけた断片に至るまで、手段を選ばず収集し、取り憑かれたようにその研究に没頭した。

異界の門。名状しがたき力。大いなる闇。それを手にすることを、男は望んだ。

この世界にはかつて怪獣や宇宙人が頻々と襲来し、光の巨人の活躍によって退けられた歴史がある。そして今も異星人は人間に紛れて跳梁跋扈しており、ＵＬＴＲＡＭＡＮと呼ばれる存在が彼らの引き起こす事件・事案に対処している。

都市伝説などではない。現実の話だ。

にもかかわらず、社会は異界の存在を信じない。地球外生命体の実在を突き付けられながら、そのさらに外なる世界があることを受け入れようとはしない。

――よろしい、ならば私が証明しよう。疑問の余地なく明快に、反論できぬほど徹底的に……きっかけはそんな思い付きだった気がする。今となってはどうでもよいことだ。

やがて男は、忘れられた遺跡ルルイエの場所と、禁断の儀式に関する知識を得た。

南太平洋、南緯四九度五一分、西経一二八度三四分の海底。潜水艇二隻に分乗し、五人の助手とガイドを随行して、男は奇妙な幾何学に基づいただまし絵のような建築物が建ち並ぶ海底都市に足を踏み入れる。その深奥で、望みの物――人骨の祭壇に祀られた奇怪な三つの石像を発見した彼は、そこに五人の生贄と自らの血を捧げ、儀式を取り行った。いきなり心臓を取り出された同伴者たちは面食らったに違いないが、彼は最初からそのつもりで連れてきたのだし、契約書にも生命の危険が伴う可能性について明記してあったはずだ。たぶん。ゆえに彼は何の痛痒も感じることはなかった。

かくして儀式は奏功し、異界の扉は開かれた。

三つの石像が砕け散り、中から三人の男女が現れる。同時に扉から溢れた闇が男の周囲にまとわりつき、右手の甲に凝集して結晶化した。三人の右手にも同じ結晶が嵌まっている。言葉を交わすまでもなく、互いに同じ目的を持つ同志であると知れた。

――では、始めよう。

祭壇を後にして、四人は歩き始める。

――これは始まりに過ぎない。邪神を復活させ、この世界を闇に染めるには、まだまだやらねばならないことがある。

役目を終えた海底都市は、捻じれるように内部から崩壊し、泥濘に沈みつつあった。

二度と発見されることはないだろう。

プロローグ 闇の蠢動

北斗星司は、ある不可解な事件を調査していた。

最初にそれが確認されたのは四箇月前、アメリカ・イリノイ州の小さな町だった。土曜日の午後、映画館で起きた凄惨な殺戮。被害者は一三人の若者たち。全員、体中を噛みちぎられ、殺害された。

通報で駆け付けた二名の警官が見たのは、最後の犠牲者の首がまさに蜥蜴のような怪物に食い千切られる瞬間だった。信じがたい光景に恐怖し、警官たちは怪物に銃を向け、発砲した。通常ならば無意味な行為だ。警官たちも次の犠牲者になっていたに違いない。だが怪物は銃弾を受けると同時、倒れ、そして死んだ。さっきまでの獰猛でおぞましい姿ではなく、警官たちも知っている気さくな映画館の清掃員の姿で。

二件目は三箇月前、中国・福建省の小さな漁村で発生した。

事件のあらましはアメリカのそれとほぼ同じだった。今度は三〇人もの人間が深海魚のような怪物に食い殺され、警察隊が怪物を射殺すると、漁村に住む若い漁師の姿で絶命した。

その後も、二箇月前にイタリア、一箇月前にドイツで同様の事件が発生した。

四つの事件に共通するのは、大量殺戮をした怪物が宇宙人でも宇宙怪獣でもなく、人間に憑依した〝なにか〟ということ。現場付近の無線に呪文のような怪電波が受信されたこと。更に監視カメラには、黒い服に身を包んだ一人の女と二人の男が映っていたこと。

北斗はベムラーからの指示でこの事件を追いかけ、謎の怪電波を解析し、さらに三人の黒い謎の男女の身元も突き止めた。

そして今、その三人は日本に現れ、ベイエリアのある場所へと向かっていた。

「ここは……」

密かに尾行していた北斗が辿り着いたのは、すでに廃墟となった巨大な造船所。黒装束の三人は、その中へと消えた。

このまま単独で尾行を続けるか、それとも科特隊の進次郎や諸星に応援を要請するか。

答えはすぐ出た。この事件は自分だけで解決する。報告はそのあとで十分だ。

北斗は廃墟へと侵入し、消えた三人の姿を探した時、――ザザッ！　背後で何かが動いた。

迷わずＡＣＥ ＳＵＩＴを装着。襲撃者を迎え撃つべく北斗が身構えた時、突如、闇に鋭い怪電波が流れ、耳を――否、脳細胞を揺さぶった。

「うあああっ！」

激しい苦痛に膝をつく北斗が見たのは、闇の中、頭上より襲い来る――黒いＵＬＴＲＡＭＡＮの姿だった。

進次郎は目の前に広がる深い闇を見つめ、茫然と佇む。なぜ自分がそこにいるのかわからない。ただそこが自分のいるべき場所でないということは何故かわかった。

「どこだ……ここは……？」

――早くここから出なければ。

急き立てられるように進次郎は闇の中を進む。だがどこまで進もうと出口は見えず、まるで迷宮に迷い込んでしまったかのような感覚が襲い、まだ子供だった頃に見知らぬ場所で迷子になった記憶が蘇った時、突如、目の前が明るくなる。

炎だ――。紅蓮の炎が燃え上がり、闇に包まれていた世界を照らし出す。

そこは巨大な神殿のような場所だった。太く高い石柱が何本も立ち、壁面には不気味なレリーフが描かれている。だが神殿の造形は進次郎が知るギリシャやエジプトの神殿とは全く異なっている。――異世界。そんな言葉が頭に浮かぶと、今度は激しい轟音と咆哮が鼓膜を震わせた。

――あれは……？

炎の中、複数の巨大な影が蠢いていた。――異星人？　いや、違う。なぜか進次郎にはわかった。目の前にいるのは全く別のものだ。その姿はどれもおぞましく、狂気めいた名状しがたき雰囲気を湛えていた。ギロリ。黒い影に赤い眼が動き、進次郎を見た。

ぐおおおおおおおおおおおお！　激しく叫ぶと黒い巨大な影が進次郎に迫る。

――戦わなければ。

ULTRAMAN SUITを装着しようと右手を突き出す。だが何も起きなかった。

この場所ではULTRAMANになることができない。本能的に感じた進次郎は迫りくる巨大な影から逃げ出す。だが足がもつれ、いくら走っても前に進まない。

――だめだ。逃げられない！

刹那、ガーン！　激しい衝撃音をあげ、黒い巨影が倒れた。

何が起きたかわからず振り向く進次郎。その眼前には――今まで見たこともない、黒いULTRAMANが立っていて――

「はっっ！」

進次郎は薄暗闇の中で上半身を起こす。

ややあって冷静に周りを見回した時、そこが科特隊の中にある自分の部屋であることを確認する。

「……夢か……」

ベッドの上、乱れる呼吸を整え、額に流れる汗をぬぐう。夢にしてはあまりにリアルだった。今も全身の皮膚に炎の熱が残っている感じすらする。

――本当に、ただの悪夢なのか……？

いいしれぬ不吉な予感に進次郎が包まれた時、招集アラートが鳴った。

「遅くなりました！」

進次郎が駆け込んだ作戦室では、既に井手と諸星が待っていた。

「待っていたよ、進次郎君」

井手光弘。ＵＬＴＲＡＭＡＮスーツ開発を主導し、かつては父・早田進の同僚でもあった人物だ。今の科特隊の実質的な指揮官と言える。

「…………」

諸星弾。進次郎にとっては科特隊の先輩であり、指導教官。人当たりの強い長身の青年は、無言で進次郎を睨み、細身のメガネを不機嫌そうに押し上げた。

「顔色が悪いな」

井手が怪訝に進次郎の顔を覗き込む。

どうやら表情に出ていたらしい。

恐い先輩に睨まれたせいではない。先程の悪夢の余韻だ。

「そう、ですか……ところで、何が?」

促すと、幸いそれ以上は追及されなかった。

「うん、これを見てくれ」

ひとつ頷いて、デスクのタブレットを操作する井手。

壁面の大型スクリーンに、どこかの夜景が映し出された。

音声はない。防犯カメラか何かの映像らしい。

画面の端に、今日の日付と時刻が表示されている。ほんの数分前だ。

手前にはコンテナやドラム缶が積まれ、荷役車やトラックが停まっている。

「ベイエリアのはずれだな」

諸星が看破したとおり、映り込んでいるビル街の景色には進次郎も見覚えがあった。

「よく見てくれ……ここだ」

その異様な光景に、進次郎も諸星も目を見張った。

ドラム缶がベコリとひしゃげ、トラックの車高が下がって屋根がへこむ。

かと思えば、次の瞬間には内側から膨らみ、タイヤが風船のように破裂した。

「急激な重力変動だよ」

井手が言うには、この変動は数十分前に始まり、次第に強くなっているらしい。

現場付近に原因となりうる埋蔵物質や気象異変は見当たらず、自然現象とは考えられない。しかも同様の異変がこの四箇月の間にアメリカ、イタリア、ドイツ、中国の四箇所でも発生しており、明らかな類似性が見られるという。

まるで互いに呼応するかのように。

「いずれも多くの死傷者を出している。今回もそうならないとは限らない」

タブレットを置き、二人に向き直る井手。

「至急、重力変動の原因を突き止めてくれ」

進次郎と諸星を載せた科特隊のヘリは、あと数分で現場であるベイエリアに到着しようとしていた。カーゴルームのシートには、進次郎と諸星の二人のみ。いつもの進次郎ならこの気まずい沈黙に耐えられず、意味もなく諸星に話しかけてはガン無視されて気まずさに拍車をかけるのが常なのだが、その夜は違っていた。

悪夢の記憶が頭を離れない。

……あれは本当に夢だったのか？　夢とは自分の記憶や印象・願望が無作為に再生されているだけだと聞いたことがある。自分が見たこともないものを夢に見てしまうものだろうか？　それとも、忘れているだけで実は見たことがあるのだろうか？　あの異様な神殿を。禍々しいレリーフを。そしてあの身の毛もよだつおぞましい怪物どもを——。考えただけであの耳障りな咆哮が恐怖とともに脳裏によみがえり、思わず耳をふさいでしまう。

「どうした？」

気が付くと、腕組みをした諸星が横目でこちらを見ていた。

「……いえ、なんでもありません」

決まり悪く座り直す進次郎。

小言のひとつも喰らわされるかと思ったが、諸星は

「そうか」

と言って視線を前に戻しただけだった。

——楽しい夜になりそうだ。

その男は、鏡に映る端正で美しい顔を見つめ、ニヤリと笑った。

ベイエリアにある洒落たイタリアンレストランの洗面室。久里木芳太郎は丹念に手を洗いながら、港の夜景がよく見える窓際のテーブルで自分を待つ女のことを考えた。

——名前はなんと言ったっけ？　確か、浅岡ルキ、だったか。アニメのヒロインみたいな名前だねと言ったら、「よく言われます」と嬉しそうに白い歯をむき出して笑ってた。正直少し下品な笑顔だと思ったが、まあ、贅沢はいけない。〝獲物〟としては及第点だ。

久里木が浅岡ルキと出会ったのは、今からわずか一時間前のことだ。

瞬くフラッシュに驚き振り向いた女に、久里木は一眼レフカメラを手に極上の

笑顔を浮かべ、言った。

「ごめんなさい。あまりにも美しい横顔だったもので、つい」

見知らぬ男がいきなり写真を撮る無礼を働いた上、そんな歯の浮くようなセリフを吐いた日には、普通なら激怒し、警察に通報されかねない。だが久里木はそうはならないという確信があった。

「別に……かまいません」

予測通り女は少し恥ずかしそうに頬を赤らめると、そう答えた。今までの女たちもほぼ似たリアクションだった。久里木が浮かべる笑顔に女たちは魅了されるからだ。そしてわずか数分後には、久里木の軽妙な話術にすっかり心を奪われ、警戒心を解き、誘われるままに食事とお酒を共にすることになる。それはまるで昆虫が食虫植物の放つ甘い匂いに誘われ、罠にはまるのと、よく似ていた。

浅岡ルキと名乗った女もすっかり久里木の虜となり、今はワインを飲みながら久里木が席に戻るのを待っている。恐らく今夜これから先に起きることをあれこれ夢想し、幸せな気分に浸っているに違いない。今夜で――自分の人生が終了するとも知らずに。

「バカな女だ」

つい久里木は声に出しそう呟くと、ハンカチで手をふきながら洗面所の出口に向かう。

――今回の記念品は何にしよう。大概は腕時計やアクセサリーだが、たまには爪もいいかもしれない。あの女、やけに自分の爪が気にいってるようだったからな。

久里木が今夜の〝狩り〟の段取りを綿密にイメージしながらドアノブに手をかけた時、

ゾクリ。今まで感じたことのない悪寒が走る。

――なんだ……この感覚は……？

背後に誰かの気配を感じる。だが、それはあり得ない。この洗面所には確かに久里木だけしかいなかったのだから。だと、したら――

不意に背後の〝なにか〟が久里木へと迫る。激しい恐怖にドッと汗が噴き出した。

――狩られる！

高校二年の時、初めて最初の狩りを行ってから、久里木はずっと揺らぐことのない強い万能感に浸ってきた。自分は絶対的支配者として生まれたのだと信じて疑わなかった。それが今、完全に逆転したことを本能が感じ取ったのだ。捕食生物が己よりハイレベルな存在と遭遇した時、初めて知る感覚。今まで自分の〝獲物〟

たちに与えてきた恐怖と絶望感が久里木の逃げようという意思すら奪った。

「トキハナツノヨ」

耳元で女の声が囁いた。

「オマエノ、ホントウノ、スガタヲ」

艶めかしい白い指が背後から久里木の頬を這い、口を開かせると、何か赤黒い光を放つ結晶を飲み込ませた。

「うげええええっっ！」

思わず激しく咽込む久里木の口の中からどす黒い霧のようなものが溢れ出し、久里木の全身を覆っていく。すると苦痛や恐怖は消え去り、今までの〝狩り〟ですら一度も感じたことのない強烈な欲求が全身に沸き上がる。

「ゾイガー。ソレガオマエノ、シンノナ。サア、トキハナテ！」

女の声に命じられたと同時、久里木の体に変化が訪れる。皮膚が醜く脈打ち、膨らみ、四肢は伸び、顔面が裂けるとそこから新たな顔——獰猛な猛禽類を思わせる嘴が現れ、

くああああああああああああ！　鋭い咆哮を上げた。

そして背中に巨大な翼を広げると、洗面所のドアを突き破り、静かにピアノ曲

が流れる店内へと飛翔した。

そのあとは――悲鳴と血しぶき。

最初に怪物――ゾイガーの獲物になったのは予定通り、浅岡ルキだった。だが一瞬で頭部を食いちぎられる殺され方は久里木が考えていた方法の何十分の一の恐怖と苦しみで済んだ。

何が起きているかすらわからず他の客や店員たちも次々とゾイガーの餌食となった。阿鼻叫喚の地獄絵図。それを冷徹な目で見つめる黒装束の女と二人の男がいた。

女の手に持たれた不思議な形の結晶には、ゾイガーに殺戮される人間たちの数がカウントされていく。

「コレデ、フウインハ、トカレル」

「何だ……これは……！」

ベイエリアに到着した進次郎と諸星が見たのは、蝙蝠のような怪物に襲われ、逃げ惑う人たちだった。

「重力変動と怪物。何か関係があるのか?」

「なに冷静に言ってるんです? 早くあの人たちを助けなきゃ!」

「……わかっている」

そういうや否や諸星はSEVEN SUITを装着し、ヘリから飛翔。空中をダイブしながらスローイングナイフを放った。

高速回転して飛ぶ刃は正確無比に怪物――ゾイガーの背中に突き刺さる。

ぐぎゃあああああああああ!

おぞましい叫びをあげゾイガーが地面に落ち、動かなくなった。

その先にはビジュアルバンド系の若者が恐怖のあまり腰を抜かし震えていた。

あと数秒、SEVENの攻撃が遅れていれば確実に命は無かったはずだ。

進次郎もULTRAMAN SUITを装着し、遅れて地上に立つ。

「……え?」

目の前に横たわるゾイガーが人間――久里木の姿へと戻った。

「どうして……怪物が人間に……!?」

愕然とする進次郎は、思わず久里木に駆け寄っていた。そして聞いた。

瀕死の久里木が呟いた、その言葉を。

「……一人……足りない……」

そう言い残した直後、久里木は絶命した。

「諸星さん……これって、一体なにが……」

「考えてもわからないことを考えるな」

「でも……」

「それよりも本来の任務だ。重力変動の原因を掴むぞ」

冷徹にいうＳＥＶＥＮ――諸星がハンディセンサーを片手に重力変動が確認された場所へと向かっていく。

「あ、待って！」

慌てて後を追う進次郎。前方には造船所の巨大な廃墟が闇の中に鎮座していた。


暗い廃墟の内部に躊躇なく足を踏み入れる諸星。

「……反応が消えている」

ＳＵＩＴに設けられたケースにセンサーをしまい、耳元に指を当ててヘルメットのバイザーのモードを変更する。この操作は視線や音声によって行われるので指を当てる必要はないのだが、彼の癖だ。

遅れて進次郎も来る。

「場所は間違いありませんね。外に影像で見た車やドラム缶が――」

「止まれ」

諸星の声が、進次郎の言葉を遮った。

「え？」

「…………」

諸星が顎で示した方向――左前方に何かが、いや誰かが倒れている。

「北斗!?」

見間違えるはずもない。ＡＣＥ ＳＵＩＴ姿の北斗星司だ。

駆け寄る進次郎。首筋に触れると、かすかに動いた。生きてはいるようだ。

「……さっきの怪物に、やられたんでしょうか」

「違うな。そいつはガキだが、あの程度の相手に後れを取るほどヤワじゃない」

諸星も以前、北斗と刃を交えたことがある。

「じゃあいったい誰が！」

「状況から見ての憶測にすぎないが……」

進次郎のＳＵＩＴが警告音を発し、新たな動体反応の検出を報せる。

「……アイツかもな」

上だ。朽ちかけたガントリークレーンの横桁に立ち、こちらを見下ろしている影がある。影――としか表現のしようがない。黒い靄をまとった人影。ＳＵＩＴのあらゆるセンサーを駆使しても鮮明には捕捉できない。こんなことは初めてだ。諸星も同様だろう。


「下りてこい。下りられないなら――」

諸星のスペシウムソードが一閃！

「――下ろしてやろう」

宙を走ったその斬撃がガントリークレーンを切断。さらにはその背後の天井をも斬り裂いた。影を載せたまま、けたたましい金属音を立てて崩れ落ちるクレーン。濛々たる粉塵の中、立ち上がる影。斬り裂かれた天井から夜景の光が差し込むにつれ、その影の全容が露わになった。まるで霧が晴れるかのように。

「何⁉」

その姿は、まさしくＵＬＴＲＡＭＡＮだった。

銀と赤と紫。三色のＵＬＴＲＡＭＡＮ。


「色々と、聞かねばならんことがありそうだな」

諸星がソードを構えると、その未知のＵＬＴＲＡＭＡＮも身構えた。右腕の盾のように見える部位の先端から光の奔流が噴出し、槍を形成する。

「……ほう」

諸星が仕掛ける。未知のＵＬＴＲＡＭＡＮも動いた。目まぐるしく交錯する刃の輝き。互角か。いや、伸縮自在の光槍の猛攻に、諸星がやや押されている。

「諸星さん！」

背中のスラスターを開き、加速して間に割り込む進次郎。北斗のＡＣＥスーツを参考に、ＵＬＴＲＡＭＡＮ ＳＵＩＴ／Ｂ-ＴＹＰＥで追加された飛行補助システムだ。

「小僧、余計な真似を……」

「……北斗をこんな目に遭わせたのはあんたか？」

言葉が通じているのかどうか。未知のＵＬＴＲＡＭＡＮは進次郎の問いかけには応えず、検分するように進次郎のＳＵＩＴを見回すと、右手で自分の額に触れた。

「！」

新たな攻撃かと思いきや、次の瞬間、ＳＵＩＴが変化。ボディの赤い部分が消えて銀と紫のみとなり、脚部にはフェアリングに覆われたスラスターノズルが出現している。

ドン！　そのスラスターを噴かし、急上昇する未知のＵＬＴＲＡＭＡＮ。

「逃がさない！」

進次郎も後を追い、天井に開いた穴から夜空高く駆け上った。


ベイエリア上空で、互いの背後を取ろうと激しいドッグファイトを繰り広げる二体のＵＬＴＲＡＭＡＮ。進次郎がスペシウムスラッシュを放てば、未知のＵＬＴＲＡＭＡＮも右手の盾から光弾を撃ってくる。

『進次郎君！　深追いは危険だ！』

井手の制止する声がヘルメット内に響く。

「わかってます！　でも！」

進次郎の焦燥に反し、ＳＵＩＴの方が音を上げた。背中のスラスターが過負荷で火を噴いたのだ。まだ調整中であることを失念していた。

突如速度を落とした進次郎を、未知のＵＬＴＲＡＭＡＮは束の間振り返り、納得したようにフルブーストで虚空へと飛び去った。

スラスターなしの進次郎は、浮遊はできるが飛翔はできない。追跡続行は不可能だ。

「あのウルトラマンは……もしかして……」

回収のため接近するヘリのローター音を聞きながら、進次郎はずっと引っかかっていた疑念を反芻していた。

悪夢の中で見た黒いＵＬＴＲＡＭＡＮ――。

そしてあの未知のＵＬＴＲＡＭＡＮ――。

偶然の一致とは思えない。

だがそれを結び付けるに足る根拠もまた、進次郎にはなかった。

このときはまだ――。

地上。ベイエリアからそう遠くない深夜の公園の東屋に、そのＵＬＴＲＡＭＡＮは降り立った。額のクリスタルに右手で触れる。たちまちＳＵＩＴは光の粒子に分解され、右手の甲にパームカフとなって凝集した。その着け心地を確かめるかのように手首を返す若者は、二十歳前後であろうか。皮の衣服を身にまとい、あたかも古代人といった様相だ。

「……おかえりなさい」

東屋から歩み出たのは、どう見ても七～八歳の少女。いや、幼女と呼んだ方がふさわしい。頭をすっぽりと包む純白のフードと外套に施された装飾が、素朴ながら身分の高さを感じさせる。その瞳と声には、外見年齢に似つかわしくない落ち着きと愁いががあった。

「あなたの予言通り、最後の封印を解く儀式は阻止された」

若者は片膝を落とし、目の高さを合わせて少女に答える。

「でも……運命の揺らぎは今も闇の中にあります」

「また次の儀式が行われる、ということか」

拳を握りしめる若者。甲のパームカフが光を弾く。

「それを止めるには、闇に囚われたあの者たちを倒すしかありません」

少女はその拳に手を添え、若者を見つめて言った。

「ダイゴ。あなたのその力で」

「わかっている。俺を次の場所に導いてくれ。ユザレ」

第二話 異界のモノたち

静かに水の流れる音が暗闇を満たしている。

そこは暗渠(あんきょ)と呼ばれる地下水路だ。かつては地上を流れていた河川が何らかの理由で蓋をされ、こうして見えない川となり、東京という都市の真下に蜘蛛の巣のごとく張り巡らされている。まるで封印された太古の地下迷宮のように。

その暗闇の中を大小二つの人影が進んでいく。奇妙なことに小さいほうの影は全身に淡く青白い光をまとっていた。

「どうだ、ユザレ。なにか視えるか？」

「はい。微かに……」

そう呟くとユザレは立ち止まり、静かに目を閉じた。同時に全身にまとう光がより強くなり、周囲の闇を照らす。ダイゴも立ち止まり、ユザレの言葉を待つ。

これから〝やつら〟が行おうとしている儀式を阻止するには、次の〝生贄〟を特定する必要があった。ユザレにはその力がある。未来を見通す力が。

長い沈黙――。流れる水音がひときわ大きく響き、漆黒の時が二人を包み込む。

この地下水路はダイゴたちにとって願ってもない存在であった。暗闇も、流れる水音もユザレの精神統一には好都合であり、なによりこの世界の人間たちの目に触れることなく目的地へと辿り着くことができる。

「……視えました」

不意にユザレの目が開かれ、ダイゴを見つめる。

「次に、生贄に選ばれる人間が」

午後七時。駅のホームは会社帰りのサラリーマンやＯＬたちで混雑していた。電車の到着を待つ人の列がいくつも出来ていて移動するのも一苦労する状況だ。

――たく、クソガキどもが。調子にのりやがって。

ある列の一番前に立つ中年男が、すぐ近くの列で大声で騒ぎ立てる高校生たちを横目で睨みつける。

――もし俺の生徒なら、二度と笑えなくなるくらいの生き地獄を味わわせてやるのに。

心の中で中年男が毒づくと、アナウンスが流れ、到着する電車がホームへと滑り込んできた。その時、誰かの手が中年男の背中を、ドン、と押した。

——あ。

なにが起きたのか理解する間もなく、中年男の体は空中を踊るように線路へと落下し、到着した電車に飲み込まれた。

「人が落ちたぞ！」「きゃあああああああ！」

大混雑のホームはたちまち人々の怒号と悲鳴で溢れかえる。さっきまで笑顔でバカ騒ぎしていた高校生たちは、突如目の前で起こった事態がすぐには理解できず呆然と佇んでいた。

「飛び込み……自殺」「誰かに突き落とされたんじゃね？」「いや、さすがに無いでしょ」

ようやく彼らが言葉を交わし出した時、そのすぐ脇を、地味な服装の若い女性が一人、すり抜けるように歩き去っていった。化粧っ気のないその口元に、薄っすらと笑みを浮かべて——。

地下作戦室のスクリーンを前に、井手は眉根を寄せて呟いた。

「……どういうことなんだ」

眼前には、昨夜の惨劇に関する膨大な情報が表示されている。防犯カメラ映像、科特隊ヘリによる状況記録、進次郎と諸星のSUITのレコーダーデータ、事後処理班や剖検チームから提出された報告書や病理所見。犠牲者自身が撮ったと思われるスマホ映像もあった。

「異星人が人間に擬態していたというのならまだわかる。だけどこいつはその逆だ。細胞もDNAも一〇〇パーセント地球人。身元も足取りもはっきりしている。それがこんな――」

「ゾイガーだ」

井手の言葉を、異形の異星人の異様な声が遮った。

エド。科特隊に協力する、ゼットン星人の末裔だ。

エドが続ける。

「三〇〇〇万年ほど前、この惑星を支配していた存在の眷属に間違いない。異界のケモノ――〝異界獣〟とでも呼ぼうか」

「異界獣……」

諸星が、誰に言うともなく繰り返した。

「三〇〇〇万年前——気候が激変して、生物の大量絶滅が起こった時代だね」

井手もエドの言葉を反芻する。だが進次郎は、まったく別のことが気になっていた。

異界獣ゾイガー、本名・久里木芳太郎が断末魔に口にした言葉——

『……一人……足りない……』

——あれはいったい、どういう意味なのだろう……？


「全部で、一三人か」

遠藤は壁に飾られた幾つもの写真パネルを見つめ、苦々しく呟く。すべて若い女性の写真だ。

被写体は一三人。それぞれ三枚の写真がワンセットに並べられている。

一枚目は驚いたように振り向く顔。二枚目は恥ずかしそうな笑顔。そして三枚目は……

「遠藤さん。この写真って、もしかして……」

相棒の倉田が今にも吐きそうな顔で尋ねる。

「ああ。殺される直前に撮られた。この部屋でな」

三枚目の写真はどれも激しい恐怖に歪んだ女性たちの顔だ。泣きじゃくり命乞いをしている写真もある。それを犯人は恐らく快楽に浸りながらシャッターを切った。

──紛れもねークソ野郎だ。

「遠藤さん。コレ」

倉田がサイドボードの中に保管された女性ものの腕時計やアクセサリーを発見した。やはり一三人分ある。おそらく戦利品だ。遠藤は今までもこの手の犯人と何度か対峙したことがある。奴らは至って普通の人間として世間に紛れ、獲物を物色し、狩りを終えると被害者から何かを奪う。装飾品の場合もあれば髪の毛や爪の場合もある。それらは奴らにとって強烈な自己愛や支配欲を満たすために必要なアイテムなのだ。

サイコパス。シリアルキラー。最近、奴らはそんなふうに呼ばれる。今回の犯人、久里木という男も例外ではない。そういう種類の人間──いや、ケダモノだ。ただ、決定的に違うのは……

「遠藤さん。先日のベイエリアの事件で、ある情報が流れてるんすけど」

「……知ってるよ」

倉田の言葉に、遠藤はうんざりしたように応える。

高級レストランの客と従業員、合わせて一二名もの人間を殺したのは——怪物だったという目撃情報がいくつも寄せられ、実際、その映像がネットにも拡散されている。つい一年前だったら、何かのデマと世間でも懐疑的に受け取られたであろう。だが今では人間ではないモノ——異星人による殺人事件は決して特別なことではなくなった。遠藤と倉田が初めて関わった不可解な連続殺人も、ある人気アイドルを偏愛した異星人が犯人だった。しかも今回は連続殺人鬼の久里木が異星人だったという情報もある。だとすると——

ザッザッザッ。

複数の整然とした足音が廊下を近づいてくる。

「やっぱり……おいでなすったか」

足音に振り向く遠藤と倉田の前に、黒スーツの男たちが現れる。

「確か、遠藤刑事、でしたね」

細いフレームの奥から諸星の冷徹な目が見つめ、

「この事件の捜査は我々、科特隊の管轄になります。お引き取り下さい」

放課後。級友たちからのカラオケの誘いを振り切り、進次郎はアルバイト先である光の巨人記念館、すなわち科特隊基地への道を急いでいた。アルバイトも一応うそではないが、何よりメディカルセンターに収容された北斗の容体が気に懸かる。

『進次郎君か。例の三色のウルトラマンだけどね』

スマホで井手にかけてみると、こちらの用件も聞かず一方的にまくし立て始めた。

「井手さん、あの——」

『実に興味深いよ。明らかに我々のスーツを模倣した形跡があるのに、それだけでは説明のつかない点が多すぎるんだ』

作戦室で映像の分析をしているのだろう。そちらに夢中で話を聞いてくれない。

『特にあの飛行能力。キミのスーツのスラスターを見て機能を理解し、その場でタイプチェンジを行ったとしか考えられない。これは大変なことだよ』

興奮する気持ちはわからないでもないが、今は北斗の容体の方が大事だ。

「あの、そんなことより――」

『そんなことより進次郎君。ついさっきメディカルセンターから連絡があったよ。北斗君が目を覚ましたそうだ。早く会いに行ってやりたまえ』

「……うそつき」

化粧っ気のない唇から呪詛のような言葉が漏れる。

「……悪人のくせに……人殺しのくせに……」

六畳一間のアパートの一室で、その若い女性――岩坪香奈枝は、ＰＣ画面のニュースの見出しをジッと見つめる。

『教育熱心で生徒思いのベテラン教師、駅ホームから転落死』

それは今日の午後七時に起きた事故の速報だ。香奈枝はその時、事故が起きたホームにいた。ベテラン教師の背後から、到着する電車の前へと突き落としたからだ。

「あの男は……人間じゃない……だから……退治した……間違ってないよね」

誰に言うともなく香奈枝は呟き、壁に目をやる。

そこには夥しい新聞の切り抜きや、ネットからプリントアウトした事件——すべて少年少女の自殺に関する記事が貼られていた。

香奈枝は高校卒業後、葬儀会社に就職した。主な仕事は事務関係だったが、時折、葬儀の手伝いもした。

ある雨の日、高校一年生の男の子の葬儀に立ち会い、それが自殺であり、原因はクラスでのイジメだと知った。参列に訪れた担任教師に母親は、息子がなぜ死ななければならなかったのかと涙を流しながら叫んでいた。その光景を見た時、思わず香奈枝はその場から走り去っていた。昔の心の傷が蘇ったのだ。高校時代、受けていた壮絶で陰湿なイジメの記憶が。情け容赦ない地獄の日々。

クラスメイトも教師も誰も助けてくれなかった。むしろ笑って見ていた。母子家庭だった香奈枝の母親はいつも帰宅が遅く、ひとり思い悩んだ香奈枝は何度も死のうと考えた。

でも自分の為に一生懸命働く母の疲れた笑顔を見るたび、ギリギリのところで思いとどまった。その母も——去年、死んだ。

香奈枝はその自殺した少年の葬儀のあと、事件について詳しく調べた。するとすべては彼女の予想通りだった。学校側は少年の自殺の原因がイジメとは認めず、校長も担任教師も責任を一切取ろうとはしなかった。イジメをした生徒たちは法律に守られ、顔も名前も報道されることなく、まるで自殺した少年など最初からいなかったかのように再び別の生徒をターゲットにしてイジメを繰り返していた。

何日も掛け、その事実を目の当たりにした時、香奈枝は、死のうと考えた。もうこんな醜い世界に生きていたくない。そもそもこの世界に自分の居場所など無い。

だが死に場所を探して街をさまよっていた香奈枝は、偶然ある事件に遭遇した。響く爆発音と悲鳴。燃え盛る炎。異星人が街を破壊していたのだ。立ち尽くす香奈枝の頭上から爆発で吹き飛ばされた車が落ちてきた。――やっと、これで死ねる。

だが香奈枝は死ななかった。助けられたのだ。ＵＬＴＲＡＭＡＮに。その瞬間、香奈枝の中に今まで感じたことのない、ある強い情動が芽生えたのだ。

「……私……間違ってないよね……」

壁に向かって再び香奈枝が呟く。うっとりとした笑顔で。

「私のしたことは……正義……でしょ」

びっしり壁を埋める切り抜きの中心に、ＵＬＴＲＡＭＡＮの活躍を報じる記事がひときわ大きく貼られていた。

井手が手渡したタブレットには、進次郎と諸星のＳＵＩＴが記録した謎のＵＬＴＲＡＭＡＮ　ＳＵＩＴの映像が再生されていた。ベッドに半身を起こし、それに見入る院内着姿の北斗。井手と進次郎が傍らで見守っている。諸星は外出中だ。

「……これで全部ですか？」

見終えた北斗が、精巧な機械義手の腕でタブレットを井手に返す。

「きちんと映っている映像、という意味ではね」

受け取りながら、井手が答える。

「だとしたら、違いますね」

「違う⁉」

思わず聞き返す進次郎。病室であることを忘れ、つい大声を出してしまった。

「ボクを襲ったのはコイツじゃない。全身真っ黒の、漆黒のウルトラマンでした」

信じられない思いの進次郎。

あの場にもう一人、別のＵＬＴＲＡＭＡＮがいたとでもいうのか？　だとしたら、そいつはどこへ行った？　三色のＵＬＴＲＡＭＡＮとの関わりは？　重力変動や異界獣との因果関係は？

「北斗君。精密検査で後遺症は見つからなかったが、キミは脳に直接ダメージを受けている。記憶が混乱しているということはないかね？」

井手がもういちど問い質すが、北斗は首を横に振った。

「似てはいますが、違います。構えも、身のこなしも」

「ほかに思い出せることは？」

重ねての問いに、北斗はしばし黙考し、おもむろに口を開いた。

「意識を失う前、誰かを見たような気がします。てっきり早田センパイが助けに来てくれたんだと思っていましたが――」

進次郎が北斗を助けたのは事実だが、時系列が合わない。

「背の高い男と……小さい女の子のようでした」

「視えたのは、この場所か」

「はい。ここに今、新たな生贄が」

高台に立つダイゴとユザレ。

その見つめる先には、旧科特隊基地――光の巨人記念館。


「女の子ってお前……」

おでこに伸びる進次郎の掌を払いのけ、北斗は言葉を継ぐ。

「正気ですよ！　何か〝儀式〟がどうとか話しているのが聞こえました」

「儀式？」

と、井手のタブレットから呼び出し音が鳴った。画面に触れて応答する井手。

「エド、何かあったのか？　……何だって？　場所は？」

イヤな予感がする。慌ただしく通話を切った井手が北斗に告げる。

「済まないが戻らなければならない。進次郎君、キミも」

怪訝な顔の北斗を残して退室すると、足早にエレベーターへ向かう。

「また重力変動の兆候が観測されたらしい」

「えっ⁉　どこです？」

「この記念館の……中央展示室だそうだ」


光の巨人記念館には、かつて地球を恐ろしい怪獣や凶悪な侵略者たちから守ったウルトラマンと科学特捜隊の輝かしい功績が、精巧なミニチュアやＣＧ映像などで再現されている。更には実物大のジェットビートルも展示され、来場する人々の注目を集めていた。

だが香奈枝はそれらには一切目もくれず、一直線に、ある場所へと向かう。

「ウルトラマン……」

笑顔で香奈枝が語り掛けるのは、ウルトラマンの巨大な立像だ。香奈枝は自分のやるべきことをやり終えると、必ずこの場所を訪れていた。

「今日も、報告に来ました」

少し誇らしげな表情で香奈枝がウルトラマンの立像に何かを言おうとした時、

「トキハナツノヨ」

耳元で女の声が囁いた。

「オマエノ、ホントウノ、スガタヲ」

いつの間にか背後に女が立っていた。白くしなやかな手が赤黒い光を放つ結晶を香奈枝の口の中に入れようとした時――、

「やめろ！」

進次郎が駆けつけた。

既にＵＬＴＲＡＭＡＮ ＳＵＩＴを装着している。

「その人を解放して、両手を床に付けて下さい！」

進次郎の警告にも、その黒い服の女は動じた様子を見せない。

「ヒュドラ、ダーラム」

女に名を呼ばれ、見るからに剣呑な空気をまとった二人の男が左右から進み出る。

――こいつらが、北斗の追っていた黒服の三人組……。

防犯カメラの映像で、この三人が中央展示室に侵入したことはわかっていた。だからあらかじめＳＵＩＴを装着して来たのだ。

「ケーッ！」

ヒュドラと呼ばれた細身の男が、奇声を発して襲い掛かってきた。

速い。そして身軽だ。人間離れした跳躍力で柱を、壁を蹴ってヒット・アンド・アウェイを繰り返す。そして追い込まれた先に――

「フン！」

ダーラムと呼ばれた大男が待ち構えていた。

一撃で傍らのウルトラマン立像の脚が砕け、傾いだ像が壁に激突する。あれを喰らったら、ＳＵＩＴは無事でも進次郎の意識が飛ぶだろう。対して、こちらの攻撃は拳も蹴りも蛙の面に水。

周囲を跳ね回るヒュドラへの警戒から、隙の大きいスペシウムを撃つこともできない。かろうじて黒服の女から引き離した香奈枝の身を守るのがやっとだ。

ベリ！

凄まじい指の力で、ヒュドラがＳＵＩＴの外装パーツの一部をむしり取る。そして振り向きざまにそれを投げつけてきた。

まずい。パーツで生じた死角からダーラムが突進してくる。

が、突如落下してきたジェットビートルの実物大レプリカがダーラムを押し潰した。

「⁉」

吹き抜けの上階を見上げると、ＳＥＶＥＮ ＳＵＩＴを装着した諸星が、スペシウムソードを鞘に納めていた。模型を天井から懸吊するワイヤーを切断したのだ。

『借りは返したぞ』

諸星の声が、ヘルメットの通信機から聞こえた。

一八メートルはある巨大レプリカを押しのけて、ダーラムが立ち上がる。大してダメージはないようだが、諸星の参戦により形勢が大きく変わった。

女の指示で、退却に転じる三人組。すかさず諸星が後を追う。

「ここを動かないで！　すぐ係員が来ます」

そう香奈枝に告げて、進次郎も続く。その背中を、笑顔で見送る香奈枝。

「また、助けてくれた……」

記念館エントランスに隣接する駐車場で、進次郎は諸星と合流した。

「あいつらは？」

「わからん。だがそう遠くへは――」

ズシン！

唐突に、地面に這いつくばらされた。まるで巨大な鉄球を背負わされたようだ。

トラックがひしゃげる。アスファルトが陥没する。かと思えば、鼓膜と肺が膨張する感覚。脳に血が回らず、意識を持っていかれそうになる。

重力変動だ。この場所、このタイミングで。

やはりあの三人が何らかの形で関与しているとしか思えない。

始まったときと同様、唐突に重力変動は去った。

直後、スーツから新たな動体に対しての警戒を促すアラーム音。反射的に飛び下がる進次郎と諸星。

コンマ一秒前に二人が占めていた空間を光弾が貫き、アスファルトを沸騰させる。

煮えたぎる瀝青の強い異臭と白い煙の向こうに、そいつは立っていた。

「……漆黒の、ウルトラマン!?」

進次郎の脳裏に、再びあの悪夢のビジョンが去来する。そして直観した。

――こいつだ。こいつが北斗を襲ったやつだ！

「千客万来だな」

言葉の軽さとは裏腹に、神経を最大限に研ぎ澄ませてソードを構える諸星。

漆黒のＵＬＴＲＡＭＡＮ ＳＵＩＴも、腕から光刃を伸ばし身構える。その光刃を挟む、フォークのような二本のエッジが振動し始めるや、

「ぐあっ‼」

眼窩を錐で突き刺されたような強烈な頭痛が、進次郎と諸星を同時に見舞った。

五感と思考が奪われ、全身の筋肉が硬直する。とても立ってなどいられない。

あの夜、北斗を昏倒させたのはこれか。見えも聞こえもしないのに、漆黒のＵＬＴＲＡＭＡＮが接近してくるのがわかる。獲物にとどめを刺すため、悠然と。

北斗も同じ手口で襲われたのだろう。なのになぜ、北斗は生き延びることができたのか？ 彼は何かを、いや誰かを見たと言っていた。

思い出せない。激痛で何も考えられない。


ドオン！

すぐ近くで、何かが爆発したような気がした。

耳元で、バイタルの変調を報せる警告音と、井手が必死に呼びかける声がする。

気付けば、頭痛はうそのように消えていた。朦朧とした意識を力ずくで引き戻し、頭を振って視線を上げる。

「……え？」

眼前に、まだ炎を上げている爆発の痕。それを挟んで、二人のＵＬＴＲＡＭＡＮが対峙している。

一方は、先刻まで進次郎と諸星の生命を奪おうとしていた漆黒のＵＬＴＲＡＭＡＮ。

他方は、あの夜ベイエリアで遭遇した赤と紫と銀、三色のＵＬＴＲＡＭＡＮ。

誰の目にも明らかだった。

二人のＵＬＴＲＡＭＡＮは、互いに敵対している。

そして今しも激突せんと、途方もないパワーを体内に漲らせつつあった。

第三話　生贄の条件

一触即発の様相で睨み合う、漆黒のＵＬＴＲＡＭＡＮと三色のＵＬＴＲＡＭＡＮ。

「‼」

睨み合っていた両者が、同時に動いた。蹴りが、拳が、突きが交錯する。怒涛の震脚がアスファルトを砕き、疾風の手刀がその延長にある外灯を伐り倒す。

「何をやっている。取り押さえるぞ！」

「え、どっちを？」

「両方だ‼」

戸惑う進次郎を押しのけ、スペシウムソードを抜く諸星。

そのとき、互いに距離を取った二人のＵＬＴＲＡＭＡＮが、伸ばした両腕をクロスした。

そして三色のＵＬＴＲＡＭＡＮからは純白の、漆黒のＵＬＴＲＡＭＡＮからは濃紫色の光線がそれぞれの前腕部から放たれ、空中で衝突！

「まさか！」

作戦室でこの模様をモニターする井手が、思わず身を乗り出した。隣のエドは、冷静にコンソールを操作し映像を分析している。

「この分光スペクトルは……どちらも〝ゼペリオン〟元素の同位体のようだ」

「ゼペリオンだって⁉」


光線の衝突が引き起こした衝撃波から進次郎が立ち直ると、漆黒のＵＬＴＲＡＭＡＮの右腕には再びあの光刃が形成されていた。二本のエッジが振動を始める。頭痛攻撃だ。

「冗談じゃない！」

掌のスペシウムコアに集めた粒子を加速し、光輪を作り出す進次郎。

『ダメだ、進次郎君！　スペシウムとゼペリオンが干渉して――』

「え？」

井手の通信よりも一瞬早く、進次郎は光輪＝ウルトラスラッシュを投擲していた。

すさまじい轟音と爆風。記念館の窓ガラスが一斉に割れる。

漆黒のＵＬＴＲＡＭＡＮの光刃と進次郎の光輪の接触は、予想以上の大爆発を引き起こした。その場にいた四人は、十数メートルも吹き飛ばされている。

「……このバカが！」

真っ先に回復した諸星が悪態をつく。

「すみません、でも……」

抗弁もそこそこに、漆黒のＵＬＴＲＡＭＡＮを捜す進次郎。

いた。既に立ち上がっているが、光刃の発生装置と思われる右腕の外装は大きく破損し、生身の腕――人間の肌が露出していた。

ビュン！

三色のＵＬＴＲＡＭＡＮが振るった光刃を躱し、跳躍する漆黒のＵＬＴＲＡＭＡＮ。

追跡しかける諸星だったが、

「ちょっと！」

膝をついた三色のＵＬＴＲＡＭＡＮに駆け寄る進次郎の声に遮られた。

こちらも相応のダメージを負っているものと見える。

「……ちっ」

抱え起こす進次郎の腕の中で、そのＵＬＴＲＡＭＡＮのＳＵＩＴは光の粒子と化して消え、疲弊しきった様子の若者の姿となった。

「こいつだけでも良しとするか」

ソードを鞘に納め、諸星も若者の腕に手を伸ばす。

「……俺に触るな」

二人の手を振り払い、立ち上がるその若者。

「……お前たちが邪魔をしなければ、ヤツを逃がしはしなかった」

「状況を理解していないようだな」

「諸星さん！」

殺気を漲らせて再びソードに手を掛ける諸星を、進次郎が慌てて止める。

「争いは無益。私たちは敵ではありません」

「うわっ⁉」

いつの間にか、傍らに白いフード姿の少女が立っていた。

小さくて視界に入っていなかったのか。いや、スーツからの警告もなかった。

少女は続ける。

「今なすべきは、闇のモノたちが狙う人間を確保することです」

惨状を呈する記念館の展示室に一同が戻ると、あの女性——香奈枝は姿を消していた。彼女の保護を命じられた職員も、首をかしげている。戦闘で館内の防犯設備に死角が出来ており、駆け付けたときには既にどこにも見当たらなかったという。

少女が進次郎に訴える。

「彼女を早く見つけねばなりません。再び儀式が行われる前に」

「儀式……？」

「やっぱり……間違ってなかった」

狭く薄暗いアパートの一室、香奈枝は壁に貼り付けた新聞記事を見つめ、微笑む。

「でしょ、だからアナタは私を助けてくれた」

今から一年前、この世界に絶望し、死に場所を探しさ迷っていた時、ＵＬＴＲＡＭＡＮに命を救われた。

なんで？　なんで助けたの？　私なんかを。

最初は自分が死に損なった理由が理解できず、ただ混乱するばかりだった。だが目の前で繰り広げられる異星人とＵＬＴＲＡＭＡＮの激しい戦いを見つめている内に、香奈枝の中で突如、思いもよらぬ変化が訪れた。街を破壊し、逃げ惑うことしか出来ない無力な人間を虫けらのように殺戮する異星人。その姿が過去に香奈枝を虐げ、苦しめ、嘲笑った教師や同級生たちに重なり、ある情動が芽生えたのだ。今まで感じたこともない強烈な感情。それは——殺意だった。

殺して！　そいつを、この世界から抹殺して！

ＵＬＴＲＡＭＡＮが放つ光線が異星人を包み、跡形もなく消滅させた。まるで香奈枝の心の叫びが届いたかのように。

その時の興奮と快感は今でもはっきり憶えている。何度も思い返しては、感激し、涙を流した。そして香奈枝は感謝の言葉をつぶやく。

「ありがとう。私に……生きる理由を……教えてくれて」

そう、あの日から香奈枝は生まれ変わった。ようやく自分という人間の存在理由に気づき、それを確かめるため、すぐさま行動を起こした。

最初は高校時代に香奈枝への激しいイジメを傍観し、いや、むしろ煽っていた担任の女性教師――現在は別の中学校の校長になっていた――を退治した。通勤途中に後をつけ、交通量の多い道路で信号待ちをしている時、背後から突き飛ばすと呆気ないほど簡単にこの世界から消えた。

次は香奈枝を苦しめ続けたイジメグループを退治した。そいつらは卒業後も弱い人間を見つけてはイジメていた。連中が定期的にたむろし、バカ騒ぎしている一軒家で真夜中に硫化水素を発生させると、やはり呆気なくこの世界から消えた。

それからも香奈枝は己に与えられた使命を果たすべく〝怪物〟たちを退治し続けた。

葬儀社で知ったイジメで自殺した少年の復讐も滞りなく終えた。退治した連中はすべて事故や自殺として処理され、香奈枝に警察の手が及ぶことは無かった。当然だ。香奈枝がしていることは〝正義〟なのだから。

香奈枝は怪物を退治するたび、必ず『光の巨人記念館』を訪れ、ウルトラマンの巨像に報告した。本物ではなくてもきっとＵＬＴＲＡＭＡＮに自分の感謝の気持ちは届いているはずだと香奈枝は信じていた。そして数時間前、その想いが正しかったと証明された。またも香奈枝の命をＵＬＴＲＡＭＡＮが救ってくれたのだ。

偶然なんかじゃない。やっぱり私は間違ってなかった。

黒い三人の異星人から香奈枝を守るために戦うＵＬＴＲＡＭＡＮの雄姿。

「ここを動かないで！　すぐ係員が来ます！」

異星人たちを追って走り去るその背中を笑顔で見送り、香奈枝は改めて誓った。

私も、アナタに恥ずかしくないように、もっと頑張ります。

薄暗い部屋で香奈枝は次に退治すべき怪物たちの資料に目を通す。隠し撮りした七人の高校生。彼らは先日、香奈枝が駅のホームから突き落として退治した男性教師と結託し、まるでゲームのようにイジメを楽しんできた。香奈枝はそいつらの行動パターンを何日も掛け、慎重に調べ上げた。そして今夜が、怪物どもをまとめて退治できる絶好のタイミングであることも既に知っていた。

「きっと、どこかで見ていてくれますよね、ウルトラマン」

香奈枝は笑顔でつぶやくと、怪物退治の武器――硫化水素の準備に取り掛かった。

「彼はダイゴ。私はユザレ。この世界で行なわれようとしている邪悪な儀式を阻止するため、ここことは別の世界からやって来ました」

科特隊本部の聴聞室に通された若者と少女は、床に固定されたテーブルを挟んで対面する井手にそう繰り返した。二人の背後には、訓練を受けた諸星の部下二名が立っている。

諸星と進次郎、そしてエドは、隣室でその様子を注視していた。

「堂々巡りだな。埒が明かん」

「闇の三人衆が五つの封印を解除しようとしている、四つの封印は既に解かれていて、最後の封印がこの日本にある……ですか」

彼らの言う四つの封印は、北米、ドイツ、イタリア、中国で起きた重力変動現象と大量殺人事件に奇妙なほど合致する。これらを関連付けた報道はまだなされていないはずだ。

「不可解なのはあのスーツだ。見様見真似で作れる代物とは思えない。何より、少なくとも数千万光年以内には存在しないはずのゼペリオン元素が使用されている」

そう語るエドの目は、心なしか輝いているように見える。

「『ティガの光が、この世界に相応しい形をなしただけだ』でしたっけ?」

「そのくせ、あの黒いウルトラマンの正体は知らんという。信じられるものか」

何度聞いても、若者と少女は同じ話を繰り返すばかりだ。

井手も、同じ申し出を繰り返した。

「君たちの目的はわかった。敵ではないというなら、我々にも協力させてほしい」

若者――ダイゴも同じ答を繰り返す。

「断る。これは俺たちの問題だ」

ため息をつき、〝助けてくれ〟とカメラを見上げる井手。

「……解放しよう」

エドが驚きの一言を放った。

「これ以上の尋問は無意味だ。もちろん、行動を把握しておく必要はあるが」

諸星が進次郎の肩を叩く。

「しくじるなよ、小僧」

「俺ですか⁉　諸星さんの方が――」

「僕は記念館から消えた女の身辺を洗う。何だ、代わってほしいのか？」

科特隊本部を出てから、かれこれ三〇分。

進次郎は一定の距離を保ちながら、ダイゴとユザレの後を追っていた。

尾行なんて刑事ドラマでしか見たことないが、実際こうしてやってみると想像していたほど難しくは無かった。二人は全く進次郎の存在に気づいてないようだ。

それにしても、一体どこに行くつもりなんだ？

二人はひとけのない狭い裏通りを抜けると、不意に真横の柵をひらりと飛び越え、進次郎の視界から消えた。

――あ。

慌てて二人が跳躍した場所から真下を覗き込むと、そこには川が流れていた。

夕暮れに赤く染まる水面を見回すが、どこにもダイゴとユザレの姿はない。

――おい、ウソだろ。ここまで来て……ん？

絶望しかけた進次郎が、水の流れる先に四角いトンネルの入り口を見つけた。

きっと……あの中に……

川へと降りた進次郎は迷わずそのトンネルの中へと足を踏み入れる。

暗闇の中、水音が大きく反響し、生臭い熱気が全身を包み込む。さっきまで自分がいた街とはまるで別世界に迷い込んだような感覚が襲い、ふと前に見た悪夢を思い出す。

異形の神殿。燃え上がる炎。跋扈する名状しがたき怪物たち。そして黒いULTR――

「うあぁっ！」

背後から突如腕を締め上げられ、ザバッ。有無も言わさずその場に抑え込まれた。

「なぜ、後をつける」

水面に押し付けられた進次郎の顔の間近でダイゴの声が響く。

「……お礼が、言いたくて」

嘘ではない。進次郎は病室で北斗から聞いていた。黒いULTRAMANの攻撃で意識を失う寸前、背の高い男と小さな女の子を見たと。

「あなた達が、北斗を、助けてくれたんですよね」

「北斗……？」

「俺たちの、仲間です」

「……仲間……か」

進次郎の言葉が意外だったのか、ダイゴの腕の力が緩む。

「はい。俺たちは科特隊と一緒に異星人と戦ってきました。人々の命を守るために。ウルトラマンとして」

ダイゴは締め上げていた腕を離し、進次郎を解放する。それが心が通じたサインだと感じて、進次郎は立ち上がるとダイゴとユザレを真っすぐ見つめ、言った。

「封印解除の儀式って何ですか？　あなた達は何を止めようとしてるんですか？」

だがダイゴもユザレも答えない。

「あの……一緒に戦いませんか！　あなた達がここことは別の世界から来たんだとしても、お互い正義のウルトラマンなら力を合わせて――」

「正義なんて軽々しく言うな」

進次郎の言葉を遮り、ダイゴの鋭い目が静かに睨む。

「お前はまだ何もわかっていない。光と闇は……表裏一体だ」

「……光と、闇……」


「……どう見る？」

科特隊本部の執務室で、井手はエドに尋ねた。

「性急な断定は禁物だが、彼らの着衣は調べたのだろう？」

エドが問い返す。聴聞室に残された布の繊維や革の細片を分析にかけた結果、数千万年前に絶滅したとされる動植物のＤＮＡが検出された。今ごろ科学技術局は大騒ぎだ。

「彼らと異界獣は間違いなく同じ時代から来た。となれば、封印解除の儀式とやらも、ただの虚言や妄想として片付けるわけにはいかなくなる。だけどね」

スクリーンに世界地図を出す井手。北米、ドイツ、イタリア、中国、そして日本にマーカーが打たれている。

「なぜこの五箇所なんだ？　この位置関係にどんな意味がある？」

「ダイゴ。今は時間がありません。彼の提案を受け入れるべきだと思います」

「ユザレ……」

「お願いします。私は生贄の居場所を」

そう言うと、ユザレはそっと目を閉じ、両手を胸の前で組み、精神を統一する。

同時に暗渠（あんきょ）の闇を青白い光が照らす。光はユザレの小さな体から放たれていた。

神秘的な光景に思わず進次郎が息を飲んだ時、ふとダイゴが口を開く。

「俺たちの世界は、闇の力によって……滅亡した」

「滅亡……！」

「ある日、『異界の門』が開き、悪しき闇が世界を覆った。そして闇の力に飲まれた人間は次々と怪物になり、家族や友人や恋人を殺し始めた。世界は一瞬で……地獄と化した」

刹那、再び進次郎の脳裏に悪夢のビジョンが流れ込む。

響く阿鼻叫喚。見知らぬ世界を蹂躙する怪物。無残に殺戮される人間たち。

あまりにリアルな感覚に思わず悲鳴をあげそうになるのを進次郎は必死に堪えた。

「どうした？」

「……いえ……すいません……大丈夫です」

額の汗をぬぐう進次郎を怪訝に見つめ、ダイゴが、また語り出す。

「だが……闇に飲まれず逆に己の力とした者もいた。カミーラ、ヒュドラ、ダーラム。お前も見た、三人だ」

今度は脳裏に科特隊本部で遭遇した黒装束の三人の姿が去来する。

「俺とユザレは奴らと戦い、『異界の門』を閉じ、闇を封印した。だが……『異界の門』を再び、この世界で開こうとしている者がいる」

「え？　それは……もしかして……あの黒いウルトラマン」

北斗に意識不明のダメージを与え、進次郎と諸星も圧倒した、漆黒のＵＬＴＲＡＭＡＮ。

あいつが今回の事件を引き起こした元凶に違いないと進次郎は直観した。

「奴は何者なんです？　やっぱりダイゴさんたちの世界から来たんですか？」

「いや。恐らく、この世界の人間だ」

「俺たちの世界の……！」

「奴はカミーラたち三人と共に封印解除の儀式を行った。その儀式には、封印時に俺とユザレによってこめられた光と同等以上の闇が必要だ。すなわち、生贄が」

地図を睨み頭を抱えんばかりの井手に、エドが提案する。

「先に儀式の内容に目を向けてみてはどうだろう」

「内容？」

「条件と言ってもいい。封印解除に必要な生贄とは何なのか――」

エドの操作で、諸星が接収した凄惨な殺人現場の写真がスクリーンを埋めてゆく。

「ベイエリアで異界獣化した男・久里木は連続殺人者だった。これが偶然でないとすれば」

「今までの四箇所で異界獣化した人たちもそうだっていうのかい？」

「それもある」

「『も』ってことは……あ！」

久里木に続いて狙われた、あの女性も――


「生贄って、まさか……」

進次郎は『光の巨人記念館』の展示室でカミーラたちが襲った女性を思い浮かべる。

「どうして、あの人が生贄に選ばれたんです？」

「あの女が、多くの人間を殺しているからだ」

「……まさか」

ダイゴの言葉に進次郎は絶句する。

「あの時の女性が連続殺人鬼？　どこにでもいるごく普通の女性、いや、むしろ地味でおとなしそうな。とても人を殺すような人間には……」

「お前には人の心の中身が見えるのか？」

「……え？　……いいえ」

「生贄の条件とは心に闇のケモノを飼っている人間だ。カミーラに怪物化された姿はその人間の心に住むケモノの具現化。怪物となった殺人鬼は、過去に自分が殺した人間と同じ数の人間を新たに殺することで、儀式は完成し、封印が解除される」

「同じ数の……それじゃあ、ベイエリアの時は……」

一人、たりない……。

進次郎はベイエリアで怪物化した久里木が最期に言い残した言葉を思い出し、その意味をようやく理解した。久里木は自分が過去に殺した人間と同じだけの数の人間を殺す寸前、諸星に倒され、そして儀式は失敗したのだ。

「……あの女の人は……何人、殺したんですか？」

「一九人だ」

「そんなに……！」

その時、不意に闇を照らす青白い光が弱まり、ユザレが目を開いた。

「彼女の居場所が視えました」

キャンプ用ランタンの淡い光が、はげ落ちたコンクリート壁に幾つもの人影を伸ばす。香奈枝がその場所に着いた時、既に怪物たちは集まっていた。

数年前に経営破綻した病院の廃墟は奴らにとって最高の遊び場だ。特に地下は密閉性が高く、イジメのターゲットがいくら泣き叫ぼうが外には一切聞こえない。誰にも邪魔されず残酷なゲームを思う存分楽しめる。

だがその環境は香奈枝にとっても好都合だ。今夜の〝怪物退治〟を完璧に終わらせられるだろう。準備した硫化水素やガスマスクが入ったカバンを床に降ろし、物陰から追悼集会に集まった奴らを改めて確認する。イジメの中心メンバーの七人の他にも十数人の生徒がいた。全部で二〇人ほどだろうか。予定より遥かに人数が多い。

どうすべきか、皆殺しにしていいものなのか、香奈枝にそんな迷いが生じた時だった。グループの輪の中心に一人の女子生徒が引っ張り出された。

いかにも真面目で気弱そうな少女。イジメのターゲットに間違いない。

怪物どもは彼女が教師を逆恨みしてホームから突き落としたと決めつけ、必死に否定する少女の言葉に耳も貸さず、制裁と称して激しい暴力を加え始めた。少女が助けを求めても周りの連中はただ見物しているだけだ。

少女は追悼集会という儀式の生贄なのだ。奴らはイジメを肯定する理由があれば何でもいい。ここにいる全員が同罪だ。許せない。生贄はお前たちの方だ。

香奈枝の中で激しい怒りと殺意が沸き上がった、その時、

「解キ放テ。本当ノ、姿ヲ」

背後にカミーラが立ち、香奈枝に赤黒く光る結晶体を飲ませた。

なに、なにが、起きたの……？

戸惑う香奈枝の口からどす黒い霧が溢れだし、全身を包むと、急激な変化が訪れる。皮膚を破り何本もの蔦が伸び、更に無数の葉が体を覆い、血のような赤い花が咲き――。

「間に合わなかった……！」

廃病院の暗い廊下を走ってきた進次郎が見たのは、まさに香奈枝が異界獣――バジェラに変身する瞬間だった。

「いや、まだ間に合う」

進次郎にダイゴの冷静な声が聞こえたと同時、バジェラの体から延びる蔦が鋭い槍のようにイジメグループの何人かの体を刺し貫いた。

何が起きたかも解らず刺された男女は口から血を吐き、絶命する。幾つもの悲鳴が地下空間に響く。殺戮の始まりだ。

「急げ。儀式を止めるんだ」

「はいっ！」

茫然と立ち尽くしていた進次郎がＵＬＴＲＡＭＡＮ ＳＵＩＴを装着。ダイゴも三色のＵＬＴＲＡＭＡＮ ＳＵＩＴを装着。

「やめろ！　やめるんだ！」

バジェラと化した香奈枝を止めるべく進次郎は猛然と走り出す。だが、ズドン！　全身を激しい重力変動が襲い、さらに――、

「！」

目の前に、カミーラ、ヒュドラ、ダーラムの三人衆。そして漆黒のＵＬＴＲＡＭＡＮが立ちはだかった。その青い目が進次郎を睨む。

「聖なる儀式の、邪魔をするな」

「スーツが転送されました！」

井手たちの執務室とプレキシガラスを挟んで隣接する指令室から、オペレーターが叫ぶ。

「進次郎君のか？　どこに⁉」

井手が問うまでもなく、オペレーターはその場所を執務室のディスプレイに送っていた。そこは郊外の廃病院。近傍の工場が閉鎖され、住民数が激減したため経営破綻に陥った医療機関の跡地で、都内屈指の心霊スポットとしてもよく知られる建物だ。

「肝試しでもあるまいに」

タブレットから進次郎を呼び出す井手。しかし通信は繋がらない。

「まずいな……」

井手の懸念に拍車をかけるように、別のオペレーターが叫んだ。

「重力変動を検出！　同じ廃病院で、たった今‼」

「行け。こいつらは俺が引き受ける」

「でも――」

進次郎が何か言おうとするより早く三色のＵＬＴＲＡＭＡＮ――ダイゴは地面を蹴り、前方に立ちはだかる漆黒のＵＬＴＲＡＭＡＮとカミーラたち三人衆へ猛然と挑みかかっていた。

無茶だ。四人を相手に一人で戦おうなんて。俺も一緒に――。

「うああああああああああ！」「いやああああああああ！」

複数の悲鳴が進次郎の耳に響き、今の状況を思い出させる。廃病院の地下室は岩坪香奈枝が変身した植物の異界獣――バジェラによって阿鼻叫喚の地獄と化していた。

必死に逃げ惑う少年少女たちを、一人また一人と、蛇のようにのたうつ蔦が捕まえ、血の海の中を引きずり回し、最後は鋭利な槍となった別の蔦で刺し貫く。

進次郎たちが到着して僅か数分の間ですでに一〇人以上が犠牲となり、絶命していた。

「……やめろ……やめろおおおおお！」

進次郎は叫ぶと、殺戮を続ける異界獣バジェラに向かって走った。

シュルッ。同時にそれに気づいたバジェラから数本の蔦が伸び、進次郎が装着するＵＬＴＲＡＭＡＮ ＳＵＩＴに絡みつく。

こんなもの！

すかさず両腕のスペシウムブレードで切断。しかし更に多くの蔦が腕に、足に、首に絡みつき、そして――

『なんで邪魔をするのっ！』

突如、香奈枝の声と共に鮮烈なビジョンが進次郎の脳裏に流れ込む。

「……こ、これは……！」

少女が泣いていた。顔も服も泥で真っ黒だ。転んだのか？　……違う。転ばされたのだ。

「キモイ」「うざい」「消えろ」「死ね」

数人の小学生が取り囲み、かわるがわるに少女を突き飛ばし、楽しそうに笑い、はやし立てる。小学校の校庭。近くには他の生徒もいる。教師の姿もある。少女は泣きながら「助けて！」と叫ぶが誰も助けはしない。激しい絶望が押し寄せる。

これは香奈枝の記憶だ。

進次郎は、まるで自分がその場にいるかのようなリアルな感覚に息を飲む。泣き叫ぶ香奈枝に手を差し出そうとするが、金縛りにあったみたいに体が全く動かず、声も出ない。ただ目の前で起こる残酷な光景を見ているしかなかった。

やがて小学生の香奈枝は、中学生に、高校生に変わる。でも状況は何も変わらない。壮絶で陰湿なイジメは終わることなく続いている。

ただ一つ変わったのは、香奈枝はもう泣いてはいなかった。何を言われようと何をされようと無表情のまま。時には薄笑いさえ浮かべる。それが気にいらないと言ってイジメは更にエスカレートする。でも香奈枝は泣かない。泣いても無駄だと知っているから。香奈枝はまた少し微笑む。去年死んでしまった大好きな母のことを考えて。幼いころの楽しかった時間を思い出して。

ちょっきん。ちょきちょき。

きれいなお花が咲きました。

真っ赤なお花が咲きました。

アパートの一室。母は香奈枝の髪を切る時、いつも同じ歌を口ずさんでいた。

香奈枝はその歌が大好きで母と一緒に唄った。

そして、悪人どもを退治する時も、心の中でその歌を唄っていた。

自分をイジメた奴らを、見て見ぬ振りした奴らを、道路へと、電車の前へと突き飛ばした時も。硫化水素で皆殺しにした時も。そして——今も。

ちょっきん。ちょきちょき。

きれいなお花が咲きました。

廃病院の地下室を、恐怖で顔を歪め逃げ惑い、泣き叫ぶ生徒たち。香奈枝にはその顔が過去に自分をイジメた奴らの顔と重なって見えていた。

槍状の蔦がまた一人の少年の体を刺し貫き、鮮血が壁に飛び散る。

ちょっきん。ちょきちょき。

真っ赤なお花が咲きました。

進次郎は知る。香奈枝が人を殺すことに何の躊躇いも罪の意識も持ってはいないことを。

なぜなら香奈枝にとって殺人は悪い怪物を退治すること。すなわち正義だと信じているから。それを香奈枝に教えたのは——

──まさか……。

またも鮮烈な記憶が進次郎の脳裏に流れ込む。

燃え盛る街。暴れ、破壊の限りを尽くす異星人。吹き飛ぶトラックが逃げ遅れた女性の頭上に落下する。ガシッ。間一髪、進次郎が──ＵＬＴＲＡＭＡＮがそれを受け止めた。

命を助けられた女性が見つめている。笑顔で、憧れの目で。香奈枝だ。

──俺……なのか？

香奈枝はこの時、自分の生きる理由を、やるべきことを知った。

──俺が、彼女を……連続殺人鬼に……？

「何をしている！」

漆黒のＵＬＴＲＡＭＡＮたちと必死に戦うダイゴが叫ぶ。

「蔦を切れ！　儀式を止めろ！」

だが放心状態の進次郎に、その声は届いていなかった。

ダイゴはダイゴで手一杯だった。漆黒のＵＬＴＲＡＭＡＮの右腕には、まだ装甲の欠損が目立つ。恐らく光刃を形成することはできないだろう。こちらも完調とはいかないが、一対一の肉弾戦ならダイゴに分があったに違いない。しかし壁を跳ね回ってはヒット・アンド・アウェイを繰り返すヒュドラと、片手でコンクリートを砕き鉄筋をねじ切るダーラムの存在が、ダイゴの動きを著しく制限していた。反撃のチャンスを見いだせないまま、漆黒のＵＬＴＲＡＭＡＮの打撃が、ヒュドラの鉤爪が、ダーラムの剛腕が、ダイゴの体力を徐々に、だが確実に削り取ってゆく。そしてＳＵＩＴに蓄積されるダメージも、今や深刻なものになりつつあった。

「無様な姿。本当に愚かな男」

カミーラが冷ややかな目でダイゴに呟くと、手にした赤黒い球体へと視線を向ける。

バジェラによる大殺戮。球体にはその犠牲者の数が刻々とカウントされている。増え続ける数字が一九になった時、儀式は成就し、封印が解かれるのだ。

だがダイゴは満身創痍。進次郎も蔦に絡まれたまま全く動けずにいた。

「こいつらは怪物！　私のしていることは正義！　死ね死ね死ね死ね！」

香奈枝の怒りと憎しみが進次郎の中に黒い濁流の如く流れ込む。

「……違う」

また一人、犠牲者が出た時、進次郎は自分を縛り付ける香奈枝の意識に抗い、叫んだ。

「違う！　君がしてるのは正義なんかじゃない‼」

その声に香奈枝が――バジェラが振り向き、微かに蔦の力が緩む。

『……正義じゃ、ない？』

茫然と呟く香奈枝の声が進次郎に聞こえる。

「そうだ。君のしてることは、ただの復讐だ」

『……うそ。……そんなはずない』

香奈枝の声は震え、動揺していた。

『どうしてそんなこと言うの？　あなたが教えてくれたのに！　誰かを守れって！　それがこの世界に私が生きてていい理由だって！』

再び香奈枝の中に強烈な感情が沸き上がるのを進次郎は感じた。

『復讐なんかじゃない！　復讐なんかじゃない！』

痛み、怒り、恐怖、憎しみ、香奈枝の中に堆積してきた様々な感情がマグマのように燃え滾り、一つの情動を形成する。殺意だ。

『これは正義！　これは正義！　これは正義！』

バジェラは血の海の中、部屋の隅に身を縮めて震える人影を睨む。

「やめろ……！」

進次郎は全身に絡みつく蔦の切断を試みるが、香奈枝の情動がそれを許さなかった。

『邪魔しないで！』

バジェラの蔦が最後の生存者の足に巻き付き、一気に引き寄せる。

「いや！　助けて！」

必死に叫ぶのは、さっきまでイジメグループにいたぶられていた地味な少女だった。

「怖いよ、痛いよ、助けて！　誰か助けて！」

泣きじゃくる少女の涙で濡れた顔が、香奈枝の中で昔の自分と重なった。

『……違う……この子は違う……この子は……殺したくない！』

だが香奈枝の意思に関係なく蔦は更に少女を引きずり回す。もはやバジェラとしての殺戮衝動は暴走状態となっていた。

『殺したくない！　殺したくない！　殺したくない！』

激しく動揺する香奈枝の感情が進次郎に流れ込む。

『お願い！　私を止めてえええ！』

　バジェラの槍状の蔦が少女に迫った時――、

「うおおおおおおおおおおおお‼」

　ＵＬＴＲＡＭＡＮの胸のスペシウムコアが赤く発光。フェアリングが開き、放熱プレートが回転する。ＳＵＩＴのリミッターが解除されたのだ。一定時間、ＳＵＩＴと肉体への負担を度外視して装着者が持つウルトラマン因子のポテンシャルを極限まで引き出す危険なシステム。急激な負荷の増大でＳＵＩＴ全体が赤熱する。絡みつく蔦が高熱に耐え切れず燃え上がる。進次郎は炭化した蔦を造作もなく引き千切り、腕を十字に組んだ。スペシウム光線を発射。一筋のエネルギー波がバジェラに命中すると紅蓮の炎が醜悪な体を包み込む。

　間一髪で少女は守られ、進次郎は燃え上がるバジェラから、香奈枝の最後の声を聴く。

「……ありがとう……ウルトラマン……」

　優しい母の笑顔。幸せだった記憶を最期に――香奈枝の意識は消滅した。

　ガシャ。制限時間を過ぎ、その場に膝をつくＵＬＴＲＡＭＡＮ。直後、頭部へルメットが解除され、炎の照り返しの中で茫然とする進次郎の顔が露わとなった。

「また余計な真似を――」

その声に振り返った進次郎が見たもの。それは半死半生となった三色のＵＬＴＲＡＭＡＮの首を締め上げつつ肩越しにこちらを睨む、漆黒のＵＬＴＲＡＭＡＮの姿だった。

「ダイゴさん……⁉」

ドサッ。漆黒のＵＬＴＲＡＭＡＮが手を放し、三色のＵＬＴＲＡＭＡＮはその場に崩れ落ちる。胸のランプが赤く点滅していた。

「……待て！」

それでも漆黒のＵＬＴＲＡＭＡＮを追うように、震える右腕を伸ばす。

「けえええええっ‼」

その背中を、奇声を発するヒュドラが踏みつけた。

「ふんっ‼」

直径一メートルはある鉄筋コンクリートの柱を折り取り、肩に担いだダーラムが、漆黒のＵＬＴＲＡＭＡＮと共に進次郎の方へ向かってくる。

ヒュドラは折れた鉄筋を拾い上げ、その尖った先端に舌を這わせている。

「……くっ！」

進次郎は動けない。体力も、ＳＵＩＴのエネルギーも使い果たしてしまった。

漆黒のＵＬＴＲＡＭＡＮが眼前で手刀を構える。ダーラムが柱を振りかざす。

ヒュドラが鉄筋の切っ先を三色のＵＬＴＲＡＭＡＮの喉元に突きつける。

絶体絶命――その時！

バスッ！　鉄筋を握るヒュドラの腕が、飛来した何かによって切り飛ばされた。

床に刺さったそれは、独特のカーブを持った形状のスローイングナイフ。

一方、進次郎めがけて投げつけられたコンクリ柱は、その行く手に立ち塞がった影の両手首を繋ぐ光の奔流により切り裂かれ、右と左に泣き別れとなった。

バーチカルギロチン。ＡＣＥ ＳＵＩＴをまとった北斗の十八番だ。

「……北斗？」

「お待たせしました、先輩！」

キン！　続いてダイゴの傍らに着地したのはＳＥＶＥＮ ＳＵＩＴの諸星。

「……浅かったか」

「!?」

漆黒のＵＬＴＲＡＭＡＮのマスクに亀裂が走った。隙間から人間の眼が覗いている。

ブシュ！　思い出したように、ヒュドラの腕から鮮血が噴き出した。無論、スローイングナイフを投じたのも諸星である。

「諸星さん！」

北斗の肩を借りて立ち上がる進次郎。

「では、第二ラウンドといこうか」

ジリ、諸星がスペシウムソードの鯉口を切る。

猛々しく吠え、身構えるダーラムだったが、

「残念だったな。もうここに用はない」

カミーラの一言で、手首を押さえ喚き散らすヒュドラを抱えその背後に跪く。

「そっちになくとも、こっちにはある」

諸星がソードを抜き放たんとした瞬間、カミーラが掌を掲げた。

ズシン！　再びの重力変動。視線を戻すと、既に三人衆と漆黒のＵＬＴＲＡＭＡＮの姿はない。頭上から、足元から、四方八方から鉄筋が軋みコンクリートの砕ける音がする。廃病院の建屋が自重を支え切れていない。崩壊は時間の問題だった。

生き残った少女と動けぬダイゴを連れ、進次郎たちが地上に脱出した直後、廃病院は跡形もなく崩落した。

「間に合ってよかったです」

ACE SUITを解除した北斗がダイゴに微笑む。

「前にアナタに助けてもらいました。ですよね」

だがダイゴは無言のまま、じっと一点を見据えている。

「なんだ、あれは……」

諸星が呟く。ダイゴが見つめる先、地面の下から黒い霧のような闇が沸き上がり、病院があった場所を包み込んでいく。

「残念ですが、間に合いませんでした」

いつしか一同の背後にユザレが立っていた。

「犠牲者の数は一九人。儀式は完成してしまった」

その絶望的な言葉を、進次郎は虚ろな顔で聞いていた。

「最後の儀式が完成してしまった今、残された時間は多くはありません」

ユザレの言葉を、一同は科特隊基地の聴聞室ではなく執務室で聞いていた。事態収束のため、力を貸してほしいと、白いフードの少女は訴える。

「それは我々の協力を受け入れてもらえるという意味かな?」

わずかな逡巡の後、視線を交わしたユザレとダイゴは井手に向かい頷いた。

「素晴らしい」

エドの拍手をもって、その是非をめぐる議論は打ち切られる。後は行動あるのみだ。

損傷の激しいダイゴのSUITは、「Tricolor Individual Guard Armor = TIGA SUIT」の識別コードネームを与えられ、科特隊の技術陣による解析と修復が急ピッチで進められることとなった。

「所属コードも考えないとね。君達はあくまでも協力者であって、科特隊の一員というわけじゃないんだから。たとえば……」

「……GUTS」

思わぬダイゴの呟きに、井手はきょとんと彼の方を見やった。

「……ただの思い付きだ。忘れてくれ」

「いや、悪くない。どのみち君達のスーツを管理するチームも必要になるんだ。Group of Ultraman TIGA Suit――GUTSか。それで行こう！」

かくして科特隊内にTIGAスーツ管理部門＝GUTSが発足した。

「早田先輩。どこ行ったんですかね？」

本部に戻ってから進次郎がいないことに気づいた北斗が誰に言うともなく呟く。

「そういえば、なにか調子が悪そうだったな」

井手はここに来る途中の通路で進次郎とすれ違った時のことを思い出す。どことなく顔色は青ざめ、絞り出すように小さな声でこう言った。

「見えたんです。俺には、彼女の記憶が」

「……え？　なんだって？」

井手が聞き返した時には、進次郎は振り向くことなく歩き去っていた。

「前にも様子がおかしかったことがある」

諸星はベイエリアで初めて異常な重力変動が確認された日の進次郎の様子を思い浮かべる。あの時も青ざめた顔をし、心配する井手に対し何かを誤魔化そうとしていた。

「その時も、奴は何かを見たと言ったのか？」

不意にダイゴが会話に加わり、珍しく諸星が微かに驚いた表情を浮かべた。

「いや。だが、まるで悪夢でも見たような、そんな顔だった」

「悪夢……」

ダイゴが諸星が直観した言葉を反芻し、何かを考えるような表情で黙り込んだ時――、

進次郎は一人、科特隊の屋上に佇んでいた。

「ありがとう……ウルトラマン……」

呟くその脳裏には、香奈枝から流れ込んだ記憶が生々しく蘇っていた。壮絶なイジメ。復讐のための殺人。それを正義だと彼女に信じさせたのは……。

「ありがとうって、なんだよ……？」

進次郎は今まで命を助けた誰かにそう言われることが嬉しかった。誇りにすら

感じていた。でも、今回は違う。まるで呪いの言葉のように進次郎の心に重くのしかかり、胸をえぐるような痛みを与えていた。

「なんで、ありがとうなんだよ！」

思わず叫んだ時、

「正義なんて軽々しく言うな」

ふと、暗渠(あんきょ)でダイゴに言われた言葉が蘇る。

「お前はまだ何もわかっていない。光と闇は……表裏一体だ」

ユザレが井手のタブレットに指で描いた紋様が、スクリーンに表示された。

「旧き封印。私たちはそう呼んでいます」

いわゆる五芒星、その中心に、目玉とも炎の柱とも見える図形が印されている。

儀式によって解除された五つの封印を巨大な五芒星の五つの頂点とし、その中心に異界の門が開かれて、目覚めさせてはならないモノが目覚めるのだという。

だが。

「これのどこが五芒星だ？」

世界地図を前に諸星が異を唱える。そう、儀式が行われたのは北米、ドイツ、イタリア、中国、日本。ユザレが描いた図形とは似ても似つかない。

「それはホラ、大陸移動説？　とかで三〇〇〇万年前とは地形が変わったり」

「たかだか三〇〇〇万年でここまでは激しく変わることはないよ。プレートテクトニクスから導かれる予測とも噛み合わない」

北斗の仮説を、井手が完膚なきまでに打ち砕く。

「いつ、私達が過去から来たと言いましたか？」

その場の全員が、「え!?」とユザレを振り返った。

「儀式が行われた場所を、私達の世界に置き換えるとこうなります」

ユザレがタブレットに指先を走らせると、地図上のポイントが大きく移動し、地球の半分を覆う見事な五芒星に変化。旧き封印の紋様にピタリと重なった。

パシッ！　井手が自身のこめかみを掌底で叩く。

「異なる時間ではなく異なる宇宙……そういうことか！」

ユザレからタブレットをひったくり、操作を始める井手。

「だとすれば五芒星の中心点、異界の門が開くのは……」

地図上の五芒星が歪み、元の位置関係に戻ってゆく。そして目玉にも炎の柱にも見えるその中心点が重なった地点こそ。

「……上海か！」

東シナ海に面した揚子江の河口、近年急成長を見せる世界第九位のグローバル都市・上海。そこに異界への門が口を開こうとしている。

同時刻。上海市中心部の観光エリア・外灘（バンド）。

多くの西洋風高層ビルが立ち並んだ黄浦江西岸を望む一郭に、カミーラ、ヒュドラ、ダーラム、そして彼ら闇の三人衆とは明らかに趣の異なる、一人の男が集まっていた。

カミーラが見上げる空に、急速に暗雲が立ち込めてゆく。それを待っていたかのごとく、男はその手に小さな結晶体を握りしめた。噴き出す闇が男の身体を包み、それぞれの部位でそこにあるべき形に凝集してゆく。漆黒のＵＬＴＲＡＭＡＮの姿へと。

「うあっっ！」

進次郎は苦悶の叫びをあげ、その場に倒れこんだ。突如、再び悪夢のビジョンが頭の中に流れ込んできたのだ。

　見知らぬ超古代の神殿。そこに――巨大な目と、炎の柱が現れ‼


　ユザレがはっと顔を上げ、眉根を寄せる。

「……始まった」

　前後して鳴り響く警報。オペレーターが叫ぶ。

「上海に重力変動！　今までとは比較にならない大きさです！　範囲も、規模も‼」

「現地の状況は⁉」

「定点カメラ映像、回します！」

　スクリーンの映像が切り替わった。

「これは⁉」

　五二棟を数える外灘のビル群を圧し、黄浦江を跨いで巨大なシルエットが屹立していた。

ピラミッド。光をまったく反射しない、真っ黒な正四角錐。だがその足元にあるビル群は健在のまま、黄浦江の川面にその姿を映していた。物質的存在ではない。だが確実にそこにある黒い神殿。あるいは祭壇。もしくは墓標。

その頂上に、漆黒のＵＬＴＲＡＭＡＮは立っていた。廃病院に現れた時と同じ、いまだ傷癒えぬ姿のままで。だが、そのピラミッドの側面を、逆流する瀑布のごときプラズマの奔流が駆け上り、漆黒のＵＬＴＲＡＭＡＮに注ぎ込まれるや、様相は一変した。

ボディーは完全に修復され、体色も漆黒一色から銀と赤と黒の三色に変化。全身が溢れんばかりの異質なエネルギーで満たされている。

もう一人の三色のＵＬＴＲＡＭＡＮ。Tricolor Individual Guard Armor.

邪悪なる暗黒戦士――ＥＶＩＬ ＴＩＧＡ誕生の瞬間だった。

ULTRAMAN SUIT ANOTHER UNIVERSE 第4話

第五話　光と闇の相剋

美しい夜景に立ち並ぶ上海中心、ジンマオタワー、上海ワールド・フィナンシャル・センター。それら超高層ビル群をも凌駕する巨大な黒いピラミッドは、なおも脈打つようにプラズマの波動を放っていた。

地上では、カミーラとヒュドラ、ダーラムが、なかば恍惚の表情でその波動を浴びている。と、カミーラが取り出した赤黒い結晶体に、ヒュドラとダーラムが飢えた獣のごとく齧りつくや、両者の額を割り裂いて黒ずんだクリスタルが出現する。そこから噴き出した闇が二人の身体を包み、ＵＬＴＲＡＭＡＮ　ＳＵＩＴを思わせる甲冑と化した。先日諸星に切断されたヒュドラの右腕には、橈骨と尺骨がそのまま伸びたような長く鋭い爪が生え、その間にはぽっかりと黒い穴が開いている。

回転灯が回りサイレンが鳴り響く。Ｚ‐19攻撃ヘリのローター音が接近してくる。街路には03Ｂ式装甲車や武装した人員を満載する軍用トラックが集結しつつある。カミーラたち闇の三人衆も、たちまちＪＳ９サブマシンガンの銃口群に囲まれた。武警――中国人民武装警察内衛部隊上海市総隊だ。

ピラミッドの頂上に立つＥＶＩＬ ＴＩＧＡへ向け、ヘリの一機からサーチライトと共に複数の言語による警告が浴びせられる。だがＥＶＩＬ ＴＩＧＡは、うるさそうに片手から光弾を放っただけだった。光弾に貫かれたヘリはコントロールを失って墜落、東方明珠電視塔に激突した。

これを合図に、武警がピラミッドとＥＶＩＬ ＴＩＧＡ、そして闇の三人衆に攻撃を開始した。しかし弾丸もミサイルも目に見える効果はなく、あるいは弾かれ、あるいは逸らされていたずらに被害を拡大するばかりだった。ろくに避難も封鎖も行われないまま民間人や観光客でごった返す上海の街は、みるみる悲鳴と銃声、劫火と流血の坩堝と化した。

「闇に、染まれ」

ＥＶＩＬ ＴＩＧＡが命じると、外灯に群がる羽虫が散るように、黒いピラミッドの表面から異界獣の大群が四方八方に飛び立った。小型のゾイガーだ。ゾイガーは逃げ惑う人々や兵士に群がり、食い散らした。ときには犠牲者の口中に自ら飛び込み、異界獣に変えた。建物や車両、船舶、地下街、水中にも潜り込み、老若男女を問わず食い漁った。

ＥＶＩＬ　ＴＩＧＡが右腕に備わるイーヴィルフォークを掲げ、先端から伸びる二本のエッジを振動させる。頭脳を直接攻撃する技、イーヴィル・レゾナンスだ。

ただしその威力と効果半径は桁違いだった。逃げ惑う生存者が激痛に身を折って喘ぐ中に、ゾイガーとは異なる異形へと変貌を遂げる者がいた。群衆に紛れていた異星人たちの擬態が解けたのだ。上海には東アジア最大の異星人街のひとつがある。

燃える街をピラミッドの頂上から睥睨し、右へ左へと首を巡らせるＥＶＩＬ　ＴＩＧＡは、ゾイガーの感覚器官を通して何かを、あるいは誰かを捜しているように見えた。

「地獄だ！」

上海のあまりの惨状に、井手はスクリーンから顔を背けずにはいられなかった。

「これがヤツらの目的か。この地獄を作り出すことが」

冷静沈着な諸星でさえ、奥歯を噛みしめている。

「いいえ、これは手段にすぎません」

一同の視線がユザレに集まる。幼い外見に似合わぬ深い憂いを湛えた少女の顔に。

「邪神ガタノゾーアが目覚めれば、この世界は一瞬で滅びます。私達の世界のように」

「ガタノゾーア？」

耳慣れない音の連なりに、北斗が思わず聞き返す。

「旧支配者――宇宙のいくつかの文明に痕跡を残す、はるかな超古代に君臨した高度で異質な生命体の名だ。もっとも、地球人に正確な発音は不可能だが」

ゼットン星人エドが捕捉する。

「思い出して下さい。封印のしるしを」

ユザレの言葉に従い、井手が封印の紋様をスクリーンに呼び出した。

「五つの封印は解かれた。残るはその中心、異界の門の封印だ」

ダイゴが指し示す紋様の中央には、目、もしくは炎にも見える図形が描かれている。

「門の開封には〈鍵〉が必要です。目に象徴される、大きな力。彼らが捜しているのはそれです」

「心当たりはないか？　この世界における鍵、大いなる目に」

井手が記憶を手繰る。力の象徴として目を用いる文化はあまたある。ホルスの目。ウジャトの目。プロヴィデンスの目。だが上海で捜すべき目となると……。

パシッ！　井手が自身のこめかみを掌底で叩いた。

「ルボイア星人！　体重の六〇パーセント以上を占める眼球と空間接続能力を持つ異星人！」

井手の指が高速でキーボードを叩く。目玉から手足が生えたようなルボイア星人の容貌と登録情報がスクリーンに表示された。

「管理局に登録のある該当者は一名、上海異星人居住中心在住！」

間違いない。一刻も早く彼を保護し、門の開封を阻止しなくては。

「できなければどうなる？　この目玉野郎を敵に奪われた場合は？　ピザの宅配とは違う。『遅れたらお代は頂きません』では済まされんぞ」

「……手立ては、あります」

諸星の指摘はもっともだった。東京から一七六〇キロ。上海はあまりに遠い。

ユザレの表情は、その手立てとやらが容易ならざるものであることを物語っていた。

「……わかった」

覚悟を察してか、諸星もそれ以上は追及しない。

「恐らくあの黒いウルトラマン……いや、〈イーヴィルティガ〉と呼ぼうか。ヤツとあの三人衆にも対処することになるだろう。加えて大量の異界獣の存在もある。危険を伴うミッションだが、行ってもらえるか？」

井手の最終確認に、北斗と諸星両名が応える。

「もちろん！」

「問題ない」

すぐに出動の準備を整える一同。

「……あれ？　早田先輩は？」

北斗が室内を見回す。

「そういえば、まだ戻ってないな」

井手が心配そうに呟くと、

「アイツも、いないぞ」

諸星が言ったアイツとは、さっきまで一緒にいたはずのダイゴの事だ。

一同がスクリーンに映し出される上海の異様な光景——漆黒のピラミッドに気を取られている間に出て行ったようだ。

「すぐ探しましょう。二人を」

「いや」

北斗の言葉を諸星が遮る。

「今はそんな暇はない」

「……そうだな。確かに一刻の猶予もない」

井手は頷くと、

「諸星君と北斗君は上海に先発し、ルボイア星人の確保に当たってくれ」

諸星と北斗は頷くとハンガーへ走る。

「しかし、どうしたというんだ、進次郎君は」

井手の呟きに、無言のエド。

その傍らでスクリーンを見つめ、ユザレが呟く。

「一番恐ろしい闇は、人の心の中にある」

夜――。科特隊基地本棟の屋上。周囲がすっかり闇に閉ざされても、進次郎は跪いたまま、動けずにいた。
脳裏に浮かんだ鮮烈なビジョンのせいだ。

「……俺は……」

再びビジョンが襲う。

暗黒の神殿の中、炎の柱が立ち上ると、そこにひとつのシルエットが見える。

ＵＬＴＲＡＭＡＮだ。漆黒の、ＵＬＴＲＡＭＡＮ。

その周囲には血の海が広がり、多くの人間たちが倒れ、苦しみもがいている。

「ふん」

漆黒のＵＬＴＲＡＭＡＮが嗤うと、その人間たちを光波で切り裂く。

悲鳴が響き、鮮血が飛び散る。

「生贄だ。お前らの血が、肉が、異界の門を開くのだ」

次々に殺戮される生贄たち。その中に、香奈枝の姿があった。

「……ありがとう。……ウルトラマン」

香奈枝は微笑むと、光波に両断された。

――やめろ。やめろ。……もう、やめてくれ！

進次郎が叫ぶと、漆黒のＵＬＴＲＡＭＡＮが振り向いた。

「やめろ？　なぜだ？　これはお前が望んだことじゃないか」

――俺が？

茫然と進次郎が呟く。すると、

「だって、お前は、俺なのだから」

漆黒のＵＬＴＲＡＭＡＮがマスクを開くと、邪悪な笑みを浮かべる進次郎の顔があった。

「うわあああああああああ！」


恐怖に叫ぶ進次郎を、ぐいっ。誰かが胸倉を掴み、起き上がらせた。

「離せ！　離せ！　離っ――」

ガンッ。パニック状態の進次郎の頬に拳がめり込む。

「……」

その痛みで我に返った進次郎が、前を見つめると、

「いつからだ？」

静かに進次郎を見下ろす、ダイゴがいた。

「いつからお前は、その悪夢を見るようになった？」

――いつから……？

ダイゴに問われ、進次郎は思い起こす。確か……。

そうだ。ベイエリアで初めて重力変動が観測された夜。つまり初めて異界獣が現れ、封印を壊す儀式が行われた夜だ。

「早田進次郎」

ダイゴが初めて進次郎の名を呼んだ。

「お前には特別なウルトラマン因子があると聞いた。それがお前に、悪夢を見せたんだ」

――ウルトラマン因子のせいで？　それって……

「お前には、遠い宇宙の果てからこの星に飛来した、ウルトラマンの遺伝子が受け継がれた。そして俺がいた世界にも、ウルトラマンは訪れていた」

「ダイゴさんの世界にも……ウルトラマンが……？」

「そうだ。俺たちはそれを光と呼んだ。だが光はそれを宿した人間の心のありようによって、闇にも染まった」

「……！」

進次郎に、さっき見た恐ろしいビジョンが蘇る。そして――、

光と闇は表裏一体。前にダイゴが言った言葉の意味を知った。

「俺の世界では多くの戦士が光と闇のはざまで揺れ動き、互いに戦った。ウルト

ラマンの力を宿して。だからお前はシンクロし、その光景を悪夢として見たんだ」

――そういうことか。

進次郎が見たビジョンは実際にダイゴの世界で起きたことだった。……いや、でもそこには香奈枝の姿もあった。進次郎のせいで連続殺人鬼となった哀しい女の姿が。

「お前のせいではない」

まるで進次郎の心を読んだようにダイゴが言う。

「いずれ、あの女は何かのきっかけで復讐を始めていた。それがたまたまお前だっただけだ」

「でも――」

「仮にお前のせいだったとしても、じゃあ、お前はもう戦うのをやめるのか。ウルトラマンとしての使命から逃げるのか?」

「……」

「お前が逃げれば、これからもっと多くの人間が死ぬ。誰にも守られることなく、闇の眷属たちの餌食になる。俺の世界で多くの人々がそうなったように」

進次郎に、また悪夢で見た光景が蘇る。

「人として出来る事。お前にしかできない事」

「……え？」

「それをするかしないかは、お前自身が決めるしかない」

ダイゴの言葉に進次郎はハッとなる。今までも進次郎は、何度もその選択を迫られてきた。初めてＵＬＴＲＡＭＡＮとしてベムラーと戦った時も。高速道路で炎に包まれる寸前に運転手を救った時も。エイダシク星人からレナの命を守った時も。

進次郎は自分で戦うと決めたのだ。ウルトラマンとして。

「異界の門が開けば、この世界も闇にのまれ、滅びるだろう」

ダイゴが強い眼差しを進次郎に向ける。

「それを止めるには、お前の力が必要だ」

……そうだ。俺は守らなければならない。一人でも多くの、人の命を。

「ダイゴさん」

進次郎は力強く頷くと、立ち上がった。

「俺、戦います。ウルトラマンとして」

と、眼下に見える別棟から低い唸りが聞こえてきた。進次郎が身を乗り出すと、別棟屋上のヘリポートが左右に開き、銀色に赤をあしらった機体がせり上がってくる。

「ジェットビートル……レプリカじゃない、本物だ！」

かつての科学特捜隊の代名詞とも言うべき万能垂直離着陸機ジェットビートル。五〇年以上前の設計ながら、エンジンや武装、アビオニクス等にアップデートを重ね、現在でも十分に運用可能な状態が保たれている。普段の任務に使われる輸送ヘリでは、回転翼機の宿命として速力に限りがあり、上海到着までに五時間以上を要する。ジェットビートルなら四〇分とかからない。

夜の闇を切り裂いて舞い上がったジェットビートルは、弾かれたように西の空へ飛び去った。続いて遠雷を思わせる爆音が轟く。音速を突破した際に発生するソニックブームだ。

「遅くなってすいませんでした」

「おお。進次郎君」

井手は執務室に戻った進次郎とダイゴを見つめる。

「ユザレ」

ダイゴは、じっと部屋の一角に立つ少女に言う。

「今度こそ……止めよう。世界の破滅を」

「そうですね。ダイゴ」

ユザレは頷くと、ダイゴ、進次郎と共に、ハンガーへと向かった。

「井手」

三人が出て行った直後、エドが言う。

「あの漆黒のウルトラマンの力を得た人間について、身元は判明したのか？」

すると井手は首を横に振る。

「まだだ。あらゆる手段をもって調べているんだが」

「……そうか」

エドは頷き、再びスクリーンを見る。

そこには黒いピラミッドの頂上に今も立ち、イーヴィル・レゾナンスを放つＥＶＩＬ ＴＩＧＡの姿があった。


上海に向かう小型ビートルのカーゴルーム。

増設シートにユザレと並んで座る無言のダイゴに、進次郎が話しかける。

「ダイゴさん。さっきは、ありがとうございます」

「……」

ダイゴは無言のまま頷く。

「さっきの話ですけど、闇にのまれたウルトラマンもいたって言いましたよね」

まだダイゴは無言だ。

「もしかして、あの三人がそうなんですか?」

進次郎の頭には、かつて二度にわたって戦ったカミーラたち三人の姿が浮かんでいた。

「カミーラたちは、かつてはダイゴの仲間でした」

ユザレが、ダイゴの代わりに口を開く。

「共に闇の力を求める者と戦っていたのです。世界を滅亡へと導く儀式を止めようと。でもその過程で彼ら三人は闇の力に魅了されてしまった。そして儀式を完成させ、私たちの世界に巨大な闇を解き放った」

「……でも」

不意にダイゴが呟く。

「最後まで闇にのまれず、戦った仲間もいた」

そして何かを思い出すように、再び沈黙したあと、

「そいつらのお陰で、俺はこうして生きている。そいつらの魂は……今も俺の中にいる」

「……」

進次郎は思う。きっとダイゴが元の世界で経験したことは、今の進次郎には想像できないほど、熾烈で、悲しみに満ちたものに違いないと。


上海異星人居住中心は、迷宮のごとく入り組んだ南京東路の裏路地深くにあった。地図に記載はなく、上空からも視認できないよう巧妙に隠蔽されている。しかしここにも異界獣は侵入していた。様々な惑星からの来訪者が思い思いに設営した天幕や屋台は炎上し、管理局提供の集合住宅は破壊され、折り重なった異星人たちの死骸をゾイガーの群れがくちばしで奪い合っている。

「フンッ！」

重い鉄扉の蝶番を引きちぎり、インフラの点検口となっている狭いスペースにダーラムが押し入った。

「＃％＄￥＝＆＠＊‼」

そこに隠れていた男は、異星の言葉で喚きたて、身振りで否定と拒絶を表現している。だがピラミッド頂上のＥＶＩＬ ＴＩＧＡが放つイーヴィル・レゾナンスに耐えきれず、男の擬態は暴かれた。ルボイア星人である。

捕獲しようとダーラムが手を伸ばす。と、ルボイア星人の眼球が回転、その場から姿を消し、瞬時にダーラムの背後、点検口の外に出現した。ルボイア星人の空間接続能力だ。

脱兎のごとく逃げ去ろうとするルボイア星人の行く手を、今度はヒュドラが塞いだ。再度空間接続による脱出を試みるルボイア星人。

「ケーッ！」

しかし待ち構えていたヒュドラの右腕の穴から放射されるガスが、ルボイア星人を悶絶させた。催涙ガスのようなものなのか、ルボイア星人には絶大な効果があるようだ。

踵を返したダーラムも背後から近づいてくる。立ち上がることもできないルボイア星人に、もはや逃げ場はない。

その時。

ドドドドド！

ダーラムとヒュドラの足元を、頭上から降り注ぐ強烈な弾雨が穿った。

「何の冗談だ、これは」

粉塵が薄らぐと、そこにはＵＬＴＲＡＭＡＮ ＳＵＩＴを装着した諸星と北斗が立っていた。諸星は大口径のＥＸライフルを手にしている。ジェットビートルから降下し、そのままライフルで天井をぶち抜いて着地したらしい。たしかに最短コースではある。

「ウルトラマンもどきが増えているんだが」

闇の甲冑をまとったダーラムとヒュドラを見て諸星が言う。

「あれれ？　この二人って」

北斗は二人の正体に気付いたようだ。

ダーラムがマスクを開き、鼻で笑う。

「お前達にできること、俺達にもできる」

「ほう、驚いたな。口がきけたのか」

さして驚きもせず、諸星は言った。

「殺す！」

マスクを閉じたダーラムの全身から殺気が迸る。

「ではこちらも遠慮はいらんな。ビートル1、A装備、モードDで転送」

諸星の要請を受け、上空を旋回するジェットビートルから新たな兵装が転送される。腕には大型スペシウム兵器〈ワイドショット〉二挺、腰には愛用のスペシウムソード二振り、背中にはさらに一挺のEXライフルとそのマウンターが装着された。

「あ、いいないいな」

おどける北斗の耳に、井手からの通信が入る。

「北斗君にも新装備を用意した。戦術チームの梶君がキミの戦闘スタイルに合わせて考案した〈メタリウム・ハンマー〉だ。気に入ってもらえるといいが」

北斗の両腕に転送ビームが閃くと、肘から先をすっぽり覆う真っ赤なガントレットと大型のナックルが出現した。手甲部にはしっかりと科特隊のロゴが刻まれている。

「……使えなかったら、返品しますからね」

ガキィン！　北斗が打ち鳴らした拳の音が、戦いの始まりを告げるゴングとなった。

諸星のワイドショットが放つ光芒が群がるゾイガーを焼き尽くし、遮蔽物を薙ぎ払う。重量に反し、発射の反動を利用することで機動性も上がっていた。加えて頑強な砲身はそれ自体が打撃武器になる。特大のトンファのようなものだ。撃ち、殴り、身をかわす。

諸星は、力自慢のダーラムを相手にむしろ押し勝っていた。だがいきなり無理をさせすぎたか、砲身の冷却不能を告げるアラートが鳴る。融解しかけた砲を躊躇なくパージし、ダーラムに投げつける。そしてすかさずエメリウム弾を叩き込み、ダーラムの至近で爆破した。動かぬダーラムに、さらに射撃を続行する。そして後方のルボイア星人に叫んだ。

「逃げろ！　ここから離れるんだ！」

言葉は通じなくても、意図は伝わったようだ。ルボイア星人は足をもつれさせながらも立ち上がり、駆けだした。それでいい。

ルボイア星人を追おうとするヒュドラの行く手を、北斗が阻む。

「行かせませんよ」

試し打ちとばかりに北斗が放った正拳は、しかし虚しく空を切った。

ヒュドラが加速し、拳を避けたのだ。得意の俊敏性を活かしたヒット・アンド・アウェイ戦法だ。闇の甲冑をまとったことで、スピードはさらに増している。ガントレットでガードしているとはいえ、北斗は防戦一方に追い込まれ、反撃できない。

北斗の無防備な背中にヒュドラの爪が迫る。が、今度はその爪が空を切った。

バコッ！　ヒュドラの顔面に、あらぬ方向から北斗の拳が叩き付けられる。予想外の攻撃。ヒュドラは咄嗟に加速し、北斗の姿を捜す。

バコッ！　またも拳が顔面にめり込む。ヒュドラには何が起こっているのかわからない。

さらに加速し、広範囲を跳ねまわるヒュドラの背後に、北斗はいた。ガントレット側面のスラスターが展開している。これを使って加速し、ヒュドラにベクトルを合わせて追随していたのだ。先刻から、ずっと。

「キェアアアアアアッ‼」

頭に血が上り、ヒュドラは奇声を発して能力の限界まで加速する。

それすら追い越し、北斗はヒュドラの正面に回って身を屈めると、その顎めがけてスラスター全開のアッパーカットを見舞った。

「僕の方が速い」

　空間接続能力を駆使し、物陰から物陰へ、ゾイガーの視線を避けながら、ルボイア星人は逃走を続けていた。なぜ自分が狙われるのか、皆目見当がつかない。どこへ逃げればいいのかも。いま自分がどこにいるのかさえも。

　意識が朦朧とする。イーヴィル・レゾナンスの影響だ。

　渾身の力で最後の空間接続を試みたとき、彼は自分の命運を悟った気がした。

　そこは黄浦江の岸。夜空にそびえる漆黒のピラミッドを背に、一人の女が佇んでいる。

「鬼ごっこはおしまい。さあ、一緒に行くのよ」

　その女――カミーラが右手をかざした。甲には金色の装飾が、黒いクリスタルを縁取っている。そこから噴き出す闇の甲冑をまとったカミーラの姿は、自分を襲ってきた二人のそれに比べ、端的に言えば……そう、美しかった。

ULTRAMAN SUIT ANOTHER UNIVERSE 第5話

第六話　邪神の復活

暗雲渦巻く夜空よりもさらに暗くそびえる漆黒のピラミッドの波動を受け、鈍い輝きを放つカミーラの甲冑の右腕から、光の鞭がするりと伸びる。横なぎに手刀を振るうと、鞭はルボイア星人の身体に――巨大な眼球と比べれば申しわけ程度の質量しかない胴体に巻き付いた。

ルボイア星人に抵抗する体力は残っていない。それ以前に、抵抗が無意味であることを本能で理解していた。

黒いピラミッドの頂上に立つＥＶＩＬ　ＴＩＧＡは、それを確認すると掲げていた右腕を下ろした。そして銀色の仮面の下でニヤリと笑う。仮面までもが笑っているかのように。

「すべて、準備は整った」

異星人居住区の中心で、撃ち尽くしたＥＸライフルを背中のマウンターに戻した諸星のＳＵＩＴが異変を報せる。今回の任務に先立って組み込まれたレゾネーション・ジャマー――ＥＶＩＬ ＴＩＧＡの頭脳攻撃に対する防護機能が停止した。

攻撃がやんだのだ。それは敵の目的が達成され、攻撃の必要がなくなったことを意味する。

「おいおい……ビートル１！」

状況を確認しようと上空のジェットビートルをコールした諸星の手が止まった。エメリウム弾の連射を受け、既に人間の形を失ってくしゃくしゃのアルミホイルさながらだったダーラムが立ち上がり、ベキベキと音を立てて再生してゆく。

「……おいおい」

多少いびつながら、見る間に人型に戻ったダーラムが、ゴキリ！　と肩を鳴らした。

やや離れた場所では、顎が砕け頸椎も折れたはずのヒュドラが、もげた人形の頭でも差し込むように、ブラブラの首を強引に肩の間にねじ込んでいた。ポロリと顎が落ち、顎のない喉から長い舌が垂れ下がる。

「……第二ラウンドってわけね」

北斗はメタリウム・ハンマーを構え直す。

諸星も両腰のスペシウムソードに手をかけた。

が、ダーラムとヒュドラはそれぞれ別方向へ、脱兎のごとく退散した。

「放っておけ、行くぞ！」

「え、追いかけないんですか？」

「見え透いた時間稼ぎだ。付き合う義理はない」

ソードを抜いた諸星は、ピラミッドへの最短コースを塞ぐ瓦礫の壁を切り開いた。


「感じます。大きな、闇の波動を」

上海に向かう小型ビートルのカーゴルームで、不意にユザレがつぶやく。

「闇の、波動……！」

唖然と聞き返す進次郎を、ユザレが静かに見つめる。

「悪い兆候です。おそらくルボイア星人が、奴らの手に落ちたのでしょう」

「そんな……！」

科特隊基地を発進した直後から、ユザレはじっと目を閉じ、カミーラたちの動きを遠隔透視していた。今まさに最悪のビジョンを感じ取ったのだ。

「それって、間に合わなかったってことですか。奴らが異界の門を開けてしまったら、この世界は……」

「いや。まだだ」

ユザレの真横に座るダイゴが、正面から進次郎を見据え、言う。

「奴らがピラミッド内部の古き封印を解き、邪神ガタノゾーアを復活させるまでには、まだわずかだが時間がある」

ユザレもダイゴの言葉に頷く。

「確かに闇の波動は力を増しています。でも私には、微かですが闇を制する光もまた見えています」

「闇を制する……光」

つぶやく進次郎の胸を、ダイゴの拳が軽く突いた。

「最後の瞬間まで希望を捨てるな。諦めたら、そこで終わりだ」

「……はい」

ダイゴの言葉に進次郎が頷いた時、

「上海到着まで、あと三分です」

操縦席からの隊員の声に、進次郎は丸い小窓から見える景色へ目を凝らす。夜の雲間に、遠く上海の高層ビル群のシルエットが見えた。だがそれらの幾つかは既にＥＶＩＬ ＴＩＧＡの攻撃によって無残に破壊され、紅蓮の炎と黒煙に包まれていた。

そして、

「……！」

ついに進次郎の視界に、都市の真上に超然と鎮座する漆黒の巨大ピラミッドが見えた。

「……なんて、大きさだ」

科特隊のモニターで見たそれとは比較にならないほど、実際に見るピラミッドは凄まじいまでの威圧感を放っていた。しかも神々しさなどという形容とは無縁な邪悪で禍々しいエネルギーに包まれている。

「……うっ」

またも進次郎の脳裏に鮮烈なビジョンが流れ込む。

闇にそびえる異形の神殿。蠢く複数の巨大なケモノの影。悲鳴。慟哭。炎に焼かれる人間たち。それを見下ろし哄笑する闇のＵＬＴＲＡＭＡＮ。それはダイゴたちがいた世界。否――、進次郎たちが生きる世界の未来。巨大な目から炎の柱が立ち上り、それが闇を照らすと、あまりにも巨大な影が眼前に姿を現し――。

ビービーッ。

はっと進次郎が我に返ると、機内に危険を知らせるアラートが鳴り響いていた。

「あれは……！」

前方の闇から大量の何かが迫ってくる。ゾイガーだ。不快な叫び声をあげ羽ばたく異界獣の群れがたちまち小型ビートルを取り囲んでいく。

「緊急着陸します！」

だが機体はゾイガーの攻撃に激しく揺れる。武装を持たぬ小型ビートルは反撃もできず、このままでは墜落を免れない。

「いくぞ」

「はい」

ダイゴに進次郎は頷くと、腕をクロスし、ＵＬＴＲＡＭＡＮ ＳＵＩＴを装着する。ほぼ同時にダイゴもＴＩＧＡ ＳＵＩＴを装着した。

「ウルトラマンスーツ、ティガスーツ、転送されました！」

科特隊の指令室にオペレーターの声が響く。

井手とエドはモニターで上海の状況を見つめていた。複数のカメラにより、ゾイガーの群れに取り囲まれた小型ビートルが映され、刹那、闇に眩い二つの閃光が走る。

「頼むぞ。進次郎君、ダイゴ君」

祈るように井手が呟く。モニター画面にはゾイガーの群れを切り裂くＵＬＴＲＡＭＡＮとＴＩＧＡの姿があった。

火の海の外灘対岸、陸家嘴の南側に比較的被害の少ない緑地帯がある。小型ビートルならなんとか着陸できるだろう。天蓋ハッチから飛び出したＴＩＧＡは、初遭遇時に見せた空中戦スタイル〈スカイタイプ〉にチェンジするまでもないと踏んだか、群をなすゾイガーを引き付けて目指す緑地に降り立ち、右腕のガントレットから光の槍・ゼペリオンスピアを長く伸ばして薙ぎ払った。殺到したゾイガーはＴＩＧＡを中心として放射状にはじけ飛び、緑地を濡らす黒い染みとなった。

ＵＬＴＲＡＭＡＮはそこへのルートを確保すべく、ウルトラスラッシュを操っていた。訓練を重ねた進次郎は、掌のスペシウムコアで生成する光輪を、投擲するだけでなくある程度軌道をコントロールすることができる。だが光輪をかいくぐったゾイガーもいた。リフトジェットを塞がれ、落下するしかない小型ビートルを、咄嗟に底部に潜り込んだTIGAとULTRAMANが地上五メートルで支えた。SUITのスラスターを全開にして速度を殺し、かろうじて軟着陸に成功する。パイロットとユザレの無事を確認すると、二人のULTRAMANはわずかに頷き合って目指す漆黒のピラミッドへと走った。

「この時を、どれだけ待ちわびたことか」

既にEVIL TIGAは地上へと降り立っていた。

「これから世界は闇に包まれる。大いなる旧支配者の復活によって」

噛みしめるようにつぶやくEVIL TIGAの視線の先には、カミーラたち三人衆がいた。そして光の鞭によって捕縛されたルボイア星人が。

「さあ。最後の儀式を始めよう」

ゆっくり迫りくるEVIL TIGAを大きな目で見つめ、ルボイア星人は空間接続能力で何とか脱出を試みる。

「聞こえなかったのか」

ガシッ。ＥＶＩＬ ＴＩＧＡがルボイア星人を掴み、

「儀式の始まりだ」

鋭い指先が大きな目玉に食い込む。

イギイイイイイイイ！　どれだけ激しく悲鳴を上げようが、まるで構うことなくＥＶＩＬ ＴＩＧＡがルボイア星人をズルズルと引きずり、歩きだす。

黒いピラミッドの真下に開いた、内部へ続く唯一のゲートへ。

「ふ。来たようね」

ＥＶＩＬ ＴＩＧＡがピラミッドの中へ消えるのを見送ったカミーラが微笑む。

同時にヒュドラとダーラムも背後を振り向いた。

その視線の先――、燃え上がる上海の街を背に、ＵＬＴＲＡＭＡＮとＴＩＧＡが立っていた。

「ねえ、ダイゴ。素敵だと思わない」

カミーラがＴＩＧＡを見つめ、妖艶につぶやく。

「こうしてまた世界が滅びるのを、一緒に見られるなんて」

ＴＩＧＡとＵＬＴＲＡＭＡＮ――ダイゴと進次郎が、ゆっくり前に歩き出す。

「カミーラ。この世界は滅んだりはしない」

さらにダイゴと進次郎は真っすぐ前へと進み、

「俺たちが必ず、守る！」

ダッ。一気に走り出すと、大きく跳躍！　カミーラたちを飛び越えてＥＶＩＬ ＴＩＧＡの後を追う。

「行かせはしない」


背後から首に巻き付いたカミーラの光の鞭が、ＵＬＴＲＡＭＡＮの足を止める。

ＴＩＧＡの前方にはヒュドラが回り込み、顎のない喉から伸びた舌で右腕の爪をねぶっていた。背後からはダーラムの、重くアンバランスな足音が近づいてくる。

「なぜ滅びの邪魔をするの？」

カミーラの言葉を無視して、ＵＬＴＲＡＭＡＮは腕に仕込まれたスペシウムブレードを展開、首に絡む鞭を断ち切った。ＴＩＧＡも光剣を伸ばし、ヒュドラの攻撃に備える。二人は自然と背中を預け合う格好となり、身構えた。

ここで時間とエネルギーの浪費は避けたい。かといって、簡単に通してくれる相手とも思えない。気が急く進次郎に、ダイゴが言った。

「俺が引き付ける。先に行け」

「三人を一人で？　無茶ですよ」

「一人じゃない」

進次郎がその言葉の意味を吟味する暇もなく、ダーラムが突進してきた。その進行を、真横から飛んできた赤い砲弾が、進次郎の鼻先で弾き飛ばした。砲弾の腕を持つ少年が、くるりとトンボを切って着地する。

「どうも。ピザのお届けです」

北斗だった。

ガキン！　背後では、諸星がヒュドラの無防備な喉と脇腹を、二振りのスペシウムソードで貫いていた。

「こいつはサービスだ。取っておけ」

刀身にスペシウムを流し、引き抜く。沸騰した血飛沫とヒュドラの悲鳴が噴き出した。

「北斗、諸星さん！」

「目玉は？」

「あの中だ」

諸星の問いに、ダイゴが目でピラミッドを示す。

「これで四対三、秒で潰して追いかけましょう」

北斗はどこまでも軽口だ。

「四対三？　違うわ」

ゴキリ、バキ。ダーラムもヒュドラも既に回復し、立ち上がっている。

「四対……ざっと二万五〇〇〇というところかしら」

カミーラが右手のクリスタルを掲げた。

空から、地下隧道から、黄浦江の水中から、無数のゾイガーが飛来し、這い上がり、にじり寄ってくる。衣服の残骸を絡ませた個体もいた。身体を乗っ取られ異界獣と化した憐れな犠牲者たちだ。四人とも、エネルギーの節約に気を配る余裕はなさそうだった。

「状況は！」

挨拶抜きで科特隊指令室に入ってきたのは、進次郎の父・早田進だ。

「早田？　キミ、その恰好――」

振り返った井手とエドの間に割り込んで、早田はドローンや定点カメラから送られた映像を表示するメインスクリーンに見入る。

ほんの二時間ほど前まで繁栄を謳歌していた、中国最大の経済都市の惨状を。


絶望的だった。

ＵＬＴＲＡＭＡＮ達がどれだけ斬ろうとも、焼こうとも、異界獣はあとからあとから湧いてくる。厄介なことに、異界獣の大半は攻撃が目的ではなかった。ピラミッド内部へ続くゲートを塞ぐために集められたのだ。我先に貼り付き、折り重なり、黒く変色して硬化する。その厚みは今や十数メートルに及び、もはやどこにゲートがあったかすら判別できない。


ダメだ。このままでは時間切れだ。進次郎の胸に激しく焦りが生じる。

「何とか……何としても、あの中へ！」

次々に襲い掛かるゾイガーをウルトラスラッシュで倒しながら進次郎が叫んだ時、またもビジョンが頭の中に流れ込む。今まで以上に鮮明なビジョンが。

闇に包まれた空間に異形の祭壇が見えた。そこには巨大な目――ルボイア星人が供物の如く拘束されている。そこは黒いピラミッドの中に違いない。

まるで進次郎は自分が今その場にいるような感覚がした。周囲を包む闇の波動も、もうじき生贄として殺されるであろうルボイア星人の恐怖まで、ありありと感じ取っていた。

「この状況で、どうすればピラミッドに侵入できる」

時間だけが刻々と過ぎる状況で、井手が唸るように呟くと、

「ひとつだけ、方法がある」

「だが、あまりにも危険だ」

指令室で、早田進が口を開く。

「……まさか、その方法とは……」

早田が言わんとしていることに井手が気づいた時、

「確かに危険だ。命を失う可能性も高い」

感情の無い声でエドが言う。

「しかし彼がその方法に気づけば、恐らく躊躇せずやるだろう」

エドの言葉に早田はモニターに映るＵＬＴＲＡＭＡＮを見つめ、呟く。

「……進次郎」

「……なんだ？　誰かが俺を、呼んでいる気がする」

ビジョンの中、進次郎が不思議な感覚に戸惑っていると、

「共鳴しているのです。光の意思と」

「ユザレ……さん」

進次郎は近くにユザレの存在を感じ、その声が聞こえた。

「ピラミッドの中には邪悪な意思だけではなく、封印を閉じた時の光の意思――すなわちウルトラマンの意思もまた眠っている」

「……ウルトラマンの……意思……」

闇の中、進次郎には幾つもの光がぼんやり見えてくる。

「それが今、あなたを導こうとしているのです」

光は更にその数を増し、その意思を進次郎は感じ、確信する。

「……行ける。俺は、この場所へ」

「進次郎君のバイタルに急変！　閾値を超えます！」

ＳＵＩＴを通して装着者の状態を監視するオペレーターが報告した。

「やはり、気づいたようだ」

エドの言葉に頷き、早田は井手に問う。

「進次郎と話せるか？」

「しかし早田――」

「時間がないんだ！」


ゾイガーの処理で手一杯の進次郎の耳に、音声通信が届く。

『進次郎』

「父さん？」

『私は親として最低のことを、お前にさせようとしている』

「テレポーテーション、だろ？」


テレポーテーション。かつて早田がウルトラマンと一体化していた頃、一度だけ使ったことのある大技である。バルタン星人との戦いにおいて、精神力によりR惑星から地球へ、一瞬にして移動した。だがその心身へのダメージはすさまじく、結果ウルトラマンはその寿命を大きく縮めることになったという。

生体テレポートは、人類がいまだたどり着けていない技術領域の一つである。ULTRAMAN SUITを引き合いに出すまでもなく、限定的な物質転送は実現した。だがこれはSUITにあらかじめ埋め込まれた多数のマーカーと外部からの測位システムによる精密なエラー訂正が不可欠だ。生体の転送に成功した例はまだない。物体としての転送はできても、生命活動が失われてしまうのだ。転送先での再構成に必要な量子情報に欠落が生じるためと考えられているが、そのメカニズムはいまだ解明されていない。

井手はその鍵が、ウルトラマン因子にあるのではないかと考えている。早田親子の遺伝子にも組み込まれているウルトラマンの因子が、量子情報の欠落を補うのではないかと。

しかしそれも仮説にすぎない。実験も望めない。「神なき知恵は知恵ある悪魔を作る事なり」だ。大切な友人やその愛息の生命を科学の犠牲にするなど、想像しただけでも鳥肌が立つ。それを早田は息子にさせようとしている。

しかも今回は、生体だけでは意味がないのだ。装着したULTRAMAN SUITごとのテレポーテーションでなければ、転送先で活動することができない。いかにウルトラマン因子を受け継ぐ進次郎であっても、生身でEVIL TIGA

に立ち向かえはしない。

『……断ってもいいんだぞ、進次郎。誰も責めたりしない』

「駄目だよ父さん……俺が断ったら、父さんがやるつもりなんだろ？」

その通りだった。指令室の早田は、ジャケットの下にプロトタイプＳＵＩＴを装着していた。進次郎を守るためにベムラーと戦い、瀕死の重傷を負ったときと同様に。

「あの怪我だって治りきってないのに……死んじゃうよ」

『お前が死ぬよりいい』

「……やる。やるよ、父さん。それが俺の、人としてできることなら。できることがあるのに何もしないのは、ただの罪だ」

進次郎の決意にダイゴが言う。

「頼んだぞ、進次郎。この世界の未来を」

「……はい」

ＳＥＶＥＮのダブルソードがヒュドラの爪とカミーラの鞭を受け止め、ＡＣＥのハンマーがダーラムの突進を押し返し、ＴＩＧＡのランスがゾイガーの群れを薙ぎ払った。仲間たちがこじ開けた刹那の猶予だ。進次郎は額で腕を交差し精神を集中、腕を勢いよく下ろすと同時にテレポーテーションを決行した。

その場の視界に、ピラミッド内部の光景が重なる。いま、進次郎は二箇所に同時に存在し、またどこにも存在していなかった。

意識が途切れる。心臓が止まる。指先が凍りつく。細胞が、いや身体を構成する素粒子がバラバラになる。何も感じない。感じる自我がない。停止した思考を奈落の底から引きずり上げ、目を開く。自分自身を観測する。量子状態が確定し、波動関数が収束する。

光が、音が、時間が、命が戻ってきた。

「かは‼」

深淵から生還した溺者のように酸素を貪る。生きている。ＳＵＩＴもある。

そして目の前には、物珍し気にこちらを注視しているＥＶＩＬ ＴＩＧＡと、祭壇に拘束されたルボイア星人がいた。

「成功です！　座標検出、接続回復、装着者のバイタルサインを確認！」

オペレーターの報告に、早田は背中からシートに崩れ落ちた。

井手も額の汗を拭う。

「だが問題はここからだ」エドが言う。

「イーヴィルティガはピラミッドから注がれる何らかのエネルギーによって誕生した。つまりピラミッド内部での奴の力は未知数だ」

モニターにはULTRAMAN SUITから送られるピラミッド内部の映像が映し出され、不気味に笑うEVIL TIGAの姿を捉えていた。


「何をしに来た、ウルトラマン？　いや、淘汰されるべき愚かな旧人類よ」

「決まっている。俺がここに来たのは、お前の狂った野望を止めるためだ」

両者が間合いを縮める。

「多くの人の命を守るため、俺は、お前を倒す！」

「おもしろい！」

進次郎は両腕のスペシウムブレードを展開した。しかしその光はすぐに消えてしまう。スペシウムの残量がほとんどない。三人衆と異界獣の相手で使い果たしてしまったのだ。

「燃料切れか。その有様で私を倒すだと？」

「……倒すさ。それが、ウルトラマンだ！」

祭壇を前に、両者が激突する。吹っ飛んだのは進次郎だ。その一撃で、ＳＵＩＴのダメージを告げるアラートが一ダースほど鳴り始める。進次郎は警告音を全部オフにし、再び突っ込む。祭壇を傷つけたくないのか、ＥＶＩＬ ＴＩＧＡも光線は使わない。それでも大人と子供以上の力の差があった。進次郎のＳＵＩＴに亀裂が入る。長くは持つまい。だが進次郎には狙いがあった。敵のＳＵＩＴも基本構造は同じはず。だとしたら――。

一瞬の隙を逃さず懐に飛び込んだ進次郎は、ＥＶＩＬ ＴＩＧＡの胸のクリスタル、すなわちエネルギー制御コアと思われる部位に掌を当て、なけなしのスペシウムを残らずゼロ距離発射した。胸から火を噴き、ＥＶＩＬ ＴＩＧＡがのけ反る。

「やった！」

しかし、ドクン！　闇がひとつ脈打ったかと思うと、その胸はたちまち修復された。

「⁉」

「その程度か！」

ＥＶＩＬ ＴＩＧＡの強烈な踵落としが、ＵＬＴＲＡＭＡＮを床に這いつくばらせる。

「さあ、見ていろ。ついに復活するのだ。この世界を闇に染めるもの、大いなる旧支配者の姿を！」

ＥＶＩＬ ＴＩＧＡが両手を広げるや、宮殿の床が、壁が蠢き、異様な不協和音を奏で始めた。重力波を伴う不快で醜悪なオーケストラだ。指揮者がタクトを振るように、ＥＶＩＬ ＴＩＧＡがその波動をルボイア星人に送り込む。と、抵抗する力も失せたかに見えたルボイア星人が身をよじり、絶叫と共に瞳から炎の柱を噴き上げた。

炎の中、その眼球が異常な速度で回転し、瞳孔が拡大してゆく。

うおおおおおおおおおん！

聞く者を狂気に駆り立てる咆哮が響き、時空が歪む。

祭壇の向こう、ピラミッドの中心部に、巨大な何かが出現しようとしている。

それは――かつてダイゴたちの世界を滅ぼした怪物、ガタノゾーアだった。

ULTRAMAN SUIT ANOTHER UNIVERSE 第6話

　進次郎も、諸星も、北斗も同時にそれを見た。だが誰にもそれを形容することはできなかった。上海の街を圧してそびえる漆黒のピラミッド。その表面から滲み出すように、あるいは雛鳥が卵の殻を破るように出現したそれは、あまりに巨大すぎて、あまりに異形すぎて、至近にいる彼らに全貌を捉えることは不可能だったからだ。


「ひぐッ⁉」

　指令室でカメラドローンを操作するオペレーターの一人が、奇声を発して椅子から転げ落ちた。何事かと見る一同の視線の先で、倒れたオペレーターは白目を剥き全身を痙攣させている。

「ヤツの姿を見てしまったのだろう。地球人の精神力では耐えられずとも不思議はない」

　呑気にさえ聞こえるエドの分析を受けて、井手が直ちに指示を出す。

「現時刻より可視光域での観測を禁止する！　赤外線、X線域は対象をマスクして観測を続行！　絶対に直接視認するな！　現地の戦闘員とパイロットにも伝えろ！」

「……だそうですよ？」

他人事のように、北斗が諸星に告げる。

「ここからはせいぜいイカかタコの化物にしか見えんがな」

言葉とは裏腹に、諸星も全身が粟立つのを感じていた。北斗も同じだろう。

「もう止められない。邪神ガタノゾーアの下に世界は滅び、原初の混沌に還るのよ！」

カミーラが右手を掲げて言う。甲冑越しでも、その顔に浮かぶ歓喜の笑みがわかる。

ガタノゾーアが、一〇〇〇メートルを超えるであろう長大な触手を振るった。上海中心、ジンマオタワー、上海ワールド・フィナンシャル・センターが一度になぎ倒され、互いにぶつかり合って崩れ落ちてゆく。ビル内には逃げ遅れた人や取り残された人、異界獣におびえ救助を信じて待つ大勢の人々がいたはずだ。彼らを抱えたまま、ビル群はビーチの砂像が波に洗われるがごとく、爆煙と水飛沫を上げて崩落した。

「…………‼」

言葉を失う諸星達の眼前に、膨大な質量の倒壊に伴う瓦礫を含んだ突風と衝撃波が雪崩となって押し寄せつつあった。巻き込まれれば脱出は不可能。救えなかった無念に浸る時間も、非道への怒りに身を震わせる余裕もなかった。

小型ビートルが不時着した緑地帯にも危険が迫っていた。

「離陸します！　シートベルトを！」

黙って従ったユザレが丸窓から眼下の光景を見やる。

そこに都市は既にない。さながらフレスコで描かれた地獄絵図のごとく、人も街も異界獣も、炎と悲鳴と血と骸が混ぜ合わされた真っ赤な漆喰に塗りこめられていた。

「あの時と、同じ」

ユザレが呟く。

「でも、今度は……」

上空に逃れたカミーラ達を追うダイゴの耳にも、ユザレの呟きは響いていた。

銀色のマスクの下の瞳に、絶望はない。

――そう。今度はアイツがいる。早田進次郎。ウルトラマンの光を継ぐものが。


「見ろ、大いなる闇の力を！」

ＥＶＩＬ ＴＩＧＡはピラミッド内部の闇に映し出された旧支配者、ガタノゾーアによって破壊されていく世界を見つめ、高揚する気持ちを隠さず叫ぶ。

「美しい！　なんて美しい光景だ！　なあ、そうは思わないか？」

ＥＶＩＬ ＴＩＧＡが振り向き、未だ床に這ったままのＵＬＴＲＡＭＡＮ――進次郎に語り掛ける。

だが進次郎に反応はない。その体はぴくりとも動かない。エネルギーを使い果たしたのか。それとも……

「ふん。死んだか」

ＥＶＩＬ ＴＩＧＡは興味を失ったかのように、再び闇に映るガタノゾーアの威容に視線を戻し、誰に言うともなくうっとりと呟く。

「圧倒的な闇だ。この闇が世界を覆いつくした時、すべてが終わる。愚かなる人類に終焉が訪れる」

——と、

「まだだ……まだ、終わりじゃない」

動かぬＳＵＩＴから進次郎の声が響いた。

「……？」

ＥＶＩＬ ＴＩＧＡが振り向くと、ＵＬＴＲＡＭＡＮがゆっくりと立ち上がった。

「俺が……終わらせはしない！」

決然と叫ぶＵＬＴＲＡＭＡＮ——進次郎を見つめ、ＥＶＩＬ ＴＩＧＡは小首を傾げた。

「なんか言ったか？　この死にぞこないが」

再びＥＶＩＬ ＴＩＧＡの超重量級のパンチが、既に亀裂の入ったＵＬＴＲＡＭＡＮの顔面めがけ繰り出される。

ガシッ！　ＵＬＴＲＡＭＡＮ——進次郎は両腕を顔の前でクロスさせ、それを食い止めると、

「これが……最後の……うおおおおおおお！」

進次郎はじっと動かず待っていたのだ。最後の命を燃やし尽くす、この瞬間を。

ＵＬＴＲＡＭＡＮの胸のスペシウムコアが赤く発光。フェアリングが開き、放熱プレートが回転した。


「リミッター解除の要請を確認、認証しました！」

硬直し、医務室に運ばれたオペレーターの交代要員として席に着いた若い隊員が報告する。モニターのひとつに、タイムリミットまでのカウントダウンが表示された。

井手が早田を見る。

「いいんだな、早田？」

「進次郎が自分で決めたことだ。最後まで好きにさせてやりたい」

「……同感だ」

勝負は三分間。それで人類の命運が決まる。

だが、進次郎はテレポーテーションを経て疲弊しきっており、ＳＵＩＴに備わるスペシウムも既に払底。徒手空拳で臨むほかない。リミッターの解除は、そこへさらなる負荷を強いる。この三分間でＥＶＩＬ ＴＩＧＡを退け、ガタノゾーアを封印しなくてはならない。あまりにも苛酷な勝利条件と言えた。

ピラミッドの外では、戦場を空に移して三人のＵＬＴＲＡＭＡＮが戦い続けていた。ＳＥＶＥＮはジェットビートルの天蓋に陣取り、ＡＣＥは背中と両腕のスラスターを吹かし、ＴＩＧＡはスカイタイプにチェンジして、わずかでもガタノゾーアの猛威を押しとどめるべく攻撃を繰り返す。

それすらも許すまじと、闇の三人衆も宙を舞う。ダーラムはゾイガーの脚を掴み、ヒュドラはゾイガーからゾイガーへと跳躍、カミーラはひときわ大型のゾイガーの背に立って鞭を振るっている。

当のガタノゾーアは、周囲を飛び回る有象無象など意にも介さず吠え、暴れ、触手を振り回している。成長し続ける巨体は、今にもピラミッドから外へ溢れ出しそうだ。

そしてユザレは、戦場から距離を取って滞空する小型ビートルの中で、静かに祈りを捧げていた。少なくとも操縦桿を握るパイロットからはそう見えた。

タイムリミットまで二分三八秒。

作戦も何もなかった。ただ拳を、肘を、蹴りを間断なく打ち込み、反撃の隙を与えない。ＥＶＩＬ ＴＩＧＡの装甲が軋み、砕け、はじけ飛ぶが復元速度の方が早い。しかし押しているのは進次郎だった。

残り一分四二秒。

遂にＥＶＩＬ ＴＩＧＡがよろめいた。祭壇への道が開ける。炎を上げるルボイア星人。彼を祭壇から引きずり下ろせば、儀式は中断され邪神の復活は阻止されるはず。

炎の中で、ルボイア星人の瞳がかすかにこちらを向いた。救いを求めるかのように。

――助けるんだ。この人を。世界を。

しかし。

ボン！

進次郎が伸ばした手の先で、ルボイア星人の身体は爆発四散した。ＥＶＩＬ ＴＩＧＡが光弾を放ったのだ。

「何を驚いている？　まさか祭壇を壊せば儀式を止められるとでも思っていたか？　残念だったな。儀式はとっくに終わっている。ガタノゾーアが復活した時点でな！」

残り一分一一秒。

愕然と膝を折る進次郎の背中で、ＥＶＩＬ ＴＩＧＡが声を殺して笑っている。

「傑作じゃないか、ミスター・ウルトラマン。ご立派な口上も獅子奮迅の活躍も、全部貴様の一人相撲だったというわけだ」

「……お前！」

進次郎の振り向きざまの拳を、ＥＶＩＬ ＴＩＧＡは片手で受け止める。

「では、そろそろ本気を出させてもらおう」

右腕のガントレットから光刃が伸びる。今まで光線技を使わなかったのも、座興にすぎなかったのだ。

残り五四秒。

形勢は完全に逆転した。ＥＶＩＬ ＴＩＧＡの猛攻に、進次郎は防戦一方に追い込まれる。致命傷だけは免れているが、リミッター解除中のＳＵＩＴは過負荷状態にあり、装甲の耐久性も落ちている。無論、ＥＶＩＬ ＴＩＧＡのような復元能力もない。

「残り二八秒！」「右腕部スペシウムブレード全損！」「胸部前面複合装甲圧壊！」

オペレーターが口々に叫ぶ。ＳＵＩＴのステータス表示は機能不全、あるいは機能停止を表す表示で埋め尽くされている。

「リソースを全部生命維持に回せ！　進次郎君！　聞こえるか進次郎君！」

井手の呼びかけに、応答はなかった。


残り〇秒。

リミッター解除の限界時間を超え、ＳＵＩＴは強制冷却フェイズに入った。

同時に放たれたＥＶＩＬ ＴＩＧＡの一撃が、進次郎を吹き飛ばす。フェイスガードが砕け散り、生身の顔がむき出しとなった。もはやＵＬＴＲＡＭＡＮ ＳＵＩＴは強化服ではなく、ただの重い鎧でしかなかった。


「お前は……誰だ？」

死力の限りを尽くし、地面に叩きつけられた進次郎がＥＶＩＬ ＴＩＧＡに聞く。

「お前も人間なんだろ？　なんで、この世界の破滅を望む？」

だがＥＶＩＬ ＴＩＧＡは無言で進次郎を見つめ返す。

「答えろ……誰なんだ、お前は⁉」

するとＥＶＩＬ ＴＩＧＡが冷然と言う。

「俺は、お前だ」

「……！」

「お前は知ってるはずだ。人は闇の力を求める。闇の強大な力を」

「闇の力を……求める……」

「ほら、あの女もそうだっただろ。岩坪香奈枝。最後の封印を解くための生贄になった連続殺人鬼の女だ」

進次郎の頭に、香奈枝の記憶が蘇る。

子供の頃から壮絶ないじめを受け続け、その生き地獄の中で彼女は人としての心を失い、復讐を始めた。そして最後は闇の力に取り込まれ、異界獣となり多くの少年少女を殺戮した。それが自分の正義だと信じて。

「力が無いものは虐げられ、命さえ奪われる。それが節理だ。だから生き延びたければ力を手にするしかない。お前だってウルトラマンの力が無ければ何もできない。何も守れやしない。脆弱な支配される側の人間だ。だが俺は手に入れた。絶対的な力を。この世界そのものを変革する力を」

ＥＶＩＬ ＴＩＧＡは進次郎を見下ろし、更に言う。

「お前もこっちに来い。闇の世界は、とても気持ちいいぞ」

「……」


うおおおおおおおおおん！

ガタノゾーアが吠えた。巻貝を思わせる外殻に散らばる無数の孔から黒い塊が吐き出される。空中に留まり膨張した塊は、光をまったく反射しない。まるで空間に穴が開いたようだ。そこにゾイガーの群れが殺到した。

「何だ？　ビートル１！」

諸星がジェットビートルのパイロットに尋ねる。

『不明です！　指令部も混乱していて』

指令室は、飛び込んできた多数の着信の処理にパンク寸前だった。

「パリ本部から入電！」「ボリビア支部から緊急連絡！」「インド支部に異常発生！」

世界中で重力変動が発生、異界獣も出現し発狂者が続出しているという。

「どういう事だ？」

井手の疑問に対し、エドが推論を述べる。

「ガタノゾーアは多様な時空にまたがって存在している。地理的に隣接した空間を接続して、眷属を送り込んだのだろう」

井手がタブレットにシミュレーションを走らせる。上海一点だけではなく複数の起点から侵食が広がった場合、半日もかからず地上全土が呑まれる計算だった。

「……諸星君に繋いでくれ！」


「……了解」

井手との通話を終えた諸星は、ダイゴに持たせたインカムを呼び出した。

「プランBについて聞きたい」

ダイゴには何のことかわからない。

「あの小娘——ユザレは言った。僕たちがヤツの復活を阻止できなかった場合、手立てはあると。それに頼る時が来たかもしれん」

『まだワンチャンあるってことですか⁉』

北斗が割って入るが、ダイゴはにべもない。

『断る』

カミーラと戦いながら、ダイゴはユザレの乗る小型ビートルを見つめていた。

この通信は、聞こえていないはずだ。

「彼女はもう十分過ぎるほどに代償を支払った。二度とあんな真似はさせない」

その脳裏に、初めてこの世界へ来た時、ユザレが予言した言葉が蘇る。

――ダイゴ。この世界には、光を継ぐ者がいます。

――光を……継ぐ者？

――そうです。その者こそ、この世界を滅亡から救う最後の希望。その者はいずれ私たちと巡り合うでしょう。

ユザレは進次郎が暗渠で初めてダイゴの前に現れた時、彼がウルトラマンの因子を持つ者だとすぐに見抜いていた。

――でも、その者の光が闇に飲まれれば……この世界も滅ぶことになるでしょう

カミーラの光の鞭がＴＩＧＡの首に絡み、締め上げる。

「ダイゴ。今度こそ殺してあげる。私のこの手で」

「俺は……信じる」

ダイゴは光の剣で鞭を切断し、逆にカミーラの背後を取ると、その首を締め上げた。

「あいつの、光を！」

「……わかった」

通話を切った諸星は、もう一つのオプション装備である大型破断刀〈アイスラッガー〉を構えた。前方には今しも飛び掛からんと筋肉を引き絞るダーラムが、滑空するゾイガーの足を掴んでいる。

「チャンスは自分で作るとしますか」

崩落したジンマオタワーの鉄骨の上に立つ北斗は、メタリウム・ハンマーをパージ。腕のビーム発生器を展開して弧状の刃を形成し、別の鉄骨に立つヒュドラと対峙する。

「さあ。言え。闇の力が欲しいと」

ＥＶＩＬ ＴＩＧＡがいざなうように進次郎へと片手を差し出す。だが──、

「俺は……お前とは違う」

進次郎が毅然と睨み返す。

「いいや。違わない」

その言葉をあざけるようにＥＶＩＬ ＴＩＧＡが言う。

「知ってるんだろ？　あのダイゴという男がいた世界がどうやって滅びたのか」

「……」

「そう、その世界にもウルトラマンの光は訪れ、多くの戦士がその力を使い闇の勢力と戦った。だが奴らの多くは闇の力の魅力に抗えず、暗黒の戦士となって仲間を裏切り、叩き伏せた」

確かに進次郎はそれを知っていた。いや、悪夢のビジョンとして実際に目撃していた。しかし――

「さあ、もう一度言う。こっちへ来い。俺と一緒に世界の滅亡を見るのだ」

「……弱いな」

進次郎が呟く。

「……なに？」

その言葉の意味が解らず、ＥＶＩＬ ＴＩＧＡが首を傾げる。

「お前は、弱いと言ったんだ。弱いから、お前は闇に心を飲まれたんだ」

「ふざけるな！」

ＥＶＩＬ ＴＩＧＡが激高し、進次郎を蹴り上げる。

「俺は強い！　天才でありながら研究も続け、体も鍛えた。貴様など赤子の手をひねるように潰せるほど強靭だ！」

だが進次郎は再びＥＶＩＬ ＴＩＧＡをまっすぐに見つめ、言う。

「俺が言ってるのは、心のことだ」

「……！」

進次郎は立ち上がる。ふらつく足に力を入れ、大地を踏みしめて。

「本当に強い人間はお前なんかじゃない。本当に強い人間てのは、どんな深い闇にも飲まれることなく、誰かの命を守るために最後まで光として戦った、ダイゴさんや、その仲間たちの事だ！」

そう、進次郎はビジョンの中で見たのだ。強大な闇に最後まで怯むことも、諦めることなく立ち向かった、ダイゴと仲間たちの姿を。

「黙れ黙れ黙れ、黙れえええええ！」

明らかに動揺したＥＶＩＬ ＴＩＧＡがゼペリオン光線発射の構えを取る。

「俺の前から消し去ってやる！」

その時、既にエネルギー切れのはずの進次郎もスペシウム光線発射の構えを取った。まるで何か目に見えぬ大きな力に押されるように。


「スペシウム反応検出！　上昇しています！」

指令室から確認できるのは、進次郎のＳＵＩＴからのカメラ映像、それも可視光線を除く帯域のみだ。進次郎自身の状態はデータから推測するしかない。反応の高まりに反してスペシウムを貯蔵するストレージは相変わらずエンプティを示し、放射装置となるエミッターも作動していない。そもそもＳＵＩＴ自体がほとんど機能していなかった。

「あの時と同じだ……」

「スペシウムどころか……立ち上がる力も残っていないはずなのに」

観測するオペレーターが続ける。

「反応、なおも上昇、敵もゼペリオン励起状態です。このままでは……」

両者が干渉して大爆発を起こす。過去に例のない規模で。

「時空が裂けかねないエネルギーだ。あるいはガタノゾーアをこの世界から締め出すことができるかもしれない」

淡々と、エドが言った。

「まさか、進次郎はこれを狙って……？」

これから起こる事に思い至った井手が慌てて指示を出す。

「現地の諸星君達を退避させろ！　遠くに、いや近くの掩蔽物を検索して――」

「進次郎君は⁉」

女性オペレーターが声を上げた。全員が押し黙る。

早田が口を開いた。

「……信じるしかない」

ピラミッド内の急激な反応の高まりは、諸星達のＳＵＩＴのセンサーも捕捉していた。

「小僧……バカが‼」

『退避命令です！　転進します！』

ビートルのパイロットが操縦桿を倒しスロットルを開く。

離れて滞空する小型ビートルも、同じくその場を離れようとしていた。

じっと祈り続けていたユザレが、パイロットに声をかける。

「……行かなければなりません。どうかお元気で」

え？　とパイロットが振り向いた時、既にユザレの姿は消えていた。


北斗と共に後退中のダイゴが何かを感じる。

「よせ、ユザレ！」


十字に組んだ進次郎の右手から白光が放たれる。

ＥＶＩＬ　ＴＩＧＡの左腕からも、黒い奔流が噴出する。

二つが衝突したとき、進次郎には一瞬時間が止まったかに感じられた。

空気がプラズマ化し、音も消えた。コンマ一秒の、白い静寂。

薄れる意識の中で、誰かが自分の手を取った気がした。

「うがあああああああああああああ！」

スペシウムとゼペリオンの干渉によって生じた光球は、ＥＶＩＬ ＴＩＧＡを呑み込み、地獄と化した上海を昼よりも明るく照らした。街を覆っていた暗雲は霧散し、有機物は炭化し、形あるものは残らず粉砕された。生じた真空を埋め戻すため爆風が逆流に転じ、上昇気流と化してキノコ雲を形成、その頂部は成層圏にまで達した。

「ダイゴ。必ずお前に後悔させてやる」

ダイゴは、カミーラのそんな声を聞いた気がしたが、確かめようもない。闇の三人衆はガタノゾーアもろとも爆炎の中に消えた。同時に世界各地の重力変動も消失し、異界獣は黒く硬化して死滅した。

爆心地となった黄浦区外灘には直径二〇キロに及ぶ巨大なクレーターが穿たれ、縁を接する黄海から海水が流入して上海湾と化していた。その中心には、漆黒のピラミッドの基部がわずかに残り、黒曜石を思わせる鈍い輝きを放っていた。ガタノゾーアの残骸は、触手の一本すら見当たらない。もっとも、断定には徹底した調査が必要だが。

「早田先輩は？」

「…………」

崩壊したピラミッドの痕跡を北斗と諸星が見つめた時、

「……あれは」

諸星が呟く。

気を失った進次郎の体が美しい光に包まれて、爆煙の中から現れる。

「……ユザレ」

その光の中、ダイゴには見えた。進次郎を救ったユザレの姿が。

その体は今にも消滅しかけていた。

「使ったのか……あの力を。進次郎を救うために」

「お別れです、ダイゴ」

ユザレはダイゴに進次郎を託すと、優しく微笑んだ。

「悲しまないでください。世界はこうして救われたのですから」

「…………」

ダイゴの見守る中、ユザレは光の粒子となり、消えた。

キノコ雲が立ち上る空に、朝日が差し込む。夜明けだ。

進次郎が意識を取り戻した。

「……うっ」

こうして戦いは終わった。

邪神は消え、世界の滅亡は防がれた。

しかし、犠牲はあまりにも大きく、重かった。

上海市、消滅。死者・行方不明者数、推定２〇〇〇万人以上。経済損失額、算出不能。

上海湾は調査と検疫の名目で封鎖され、海路空路を問わず接近を禁じられた。

——数週間後。

ギギッ。暗闇の中で突如、金属音が響く。

雑多な機材を収めたラックが並ぶ、薄暗い倉庫のような場所で〝それ〟は目覚めた。

だが〝それ〟は言葉は発しない。

無言のまま、その手で自分の体や顔に触れてみる。ゆっくりと、その動きを繰り返す。まるで己の存在を確かめるかのように。

やがて何かを決意したように〝それ〟が立ち上がり、歩き出した時、扉が開く音が聞こえ、照明が灯った。タブレットを手にした白衣の男が、鼻歌を歌いながら入ってくる。

「!?」

次の瞬間、男は悲鳴をあげ、転げるように外へ飛び出して行った。

後には、戸惑ったように立ち尽くす〝それ〟だけが取り残された。

甲冑を思わせるいでたち。表面に何か文字が刻印されている。

〈ULTRAMAN SUIT Ver0〉と読めた。

あとがき

この小説は清水栄一先生、下口智裕先生が描く漫画『ＵＬＴＲＡＭＡＮ』の世界観をベースに、原作とは分岐した世界で巻き起こる怪事件と進次郎たち科特隊チームの活躍を描いたアナザーストーリーです。原作は基本、昭和のウルトラ戦士たちが等身大スーツとなって活躍しますが、この小説では平成ウルトラマンシリーズの一番手であるティガのスーツが登場します。そのスーツを装着し、恐ろしい闇の怪物たちと戦うのは勿論、ダイゴです。

でもその性格や背景はテレビ版とは異なります。あくまでＵＬＴＲＡＭＡＮの世界に生きるダイゴなのです。そしてダイゴと共にユザレも登場します。驚くことに７、８歳の幼女です。これは二人三脚でこの小説を書いた谷崎あきら氏のアイデアです。谷崎さんには科学考証や設定、バトルシーンなど多くの部分を執筆していただきました。そしてこの小説にはティガを窮地に追いつめる謎の敵として、あのイーヴィルティガが、更にはカミーラたち超古代の三戦士も登場します。彼らのキャラクターもこの小説ならではの設定となっています。

他にもテレビ版とは異なる部分も多々ありますが、ティガという作品の根幹は壊さず、その光を受け継ぐキャラクターとして書いたつもりです。この小説を手に取ってくださった多くのティガファンの方々にも楽しんでいただけたら、というのが切なる願いです。

ちなみに本作は月刊ホビージャパンに掲載されている連続小説を一つに纏めたものですが、連載では現在、ティガに引き続き、ウルトラマンゼロが等身大スーツとして活躍中です。そちらの方も是非お読みいただければ幸いです。

二〇二〇年十月　長谷川圭一

どうも清水と下口でございます。この度は『ＵＬＴＲＡＭＡＮ ＳＵＩＴ ＡＮＯＴＨＥＲ ＵＮＩＶＥＲＳＥ』をお買い上げ頂き、本当にありがとうございます。如何でした？　最高に面白かったでしょう？

そりゃそうですよ、何たって僕らも毎月新しいエピソードが届くと『ぐぬぬ…』と、面白さに嫉妬して呻き声を上げてましたから‼　いやもう本当に面白い‼

語彙力なくして面白いしか言いませんけど、面白いんだから仕方ありません。

ダメ元で「長谷川先生が書いてくださったら、僕たち幸せです」と円谷プロさんに伝え、それがまさか本当に長谷川先生に書いていただけるコトになるなんて！

しかもこうして一冊の本になるなんて‼　ええ、まごうコトなく僕らはいま、幸せを噛み締めております…。

願わくは、この本を手に取ってくださった皆様も幸せになっていただけますように。

心からの感謝を込めて。

二〇二〇年十一月　清水栄一×下口智裕

ULTRAMAN SUIT ANOTHER UNIVERSE Episode:TIGA

STAFF

ストーリー　長谷川圭一
設定協力　谷崎あきら
原作　『ULTRAMAN』清水栄一×下口智裕／円谷プロ
編集　遠藤彪太
アートディレクター　SOKURA（株式会社ビィピィ）
デザイン　株式会社ビィピィ
カバーイラスト　清水栄一×下口智裕
模型製作　只野☆慶
模型撮影　株式会社スタジオアール
協力　株式会社BANDAI SPIRITS ホビー事業部
株式会社ヒーローズ

2020年12月3日 初版発行

編集人　木村 学
発行人　松下大介
発行所　株式会社ホビージャパン
〒151-0053　東京都渋谷区代々木2-15-8
TEL 03(5304)7601(編集)
TEL 03(5304)9112(営業)
印刷所　大日本印刷株式会社

Printed in Japan

ISBN978-4-7986-2379-5 C0076

この作品は月刊ホビージャパン2019年12月号～2020年7月号掲載分に新規エピソードを加え、一部加筆修正を行ったものです。